Gioi

GIAIRO

Sotto il Cielo della Palestina

www. giorgioponte-liberidiamare.blogspot.com

Insta: giorgioponte.scrittore
Facebook/Youtube: Giorgio Ponte

In copertina:
foto - Giovan Battista D'Achille (insta: @jeffelix_diaries);
soggetto - Marco Carnevali (insta:@marco.carnevali).
Illustrazione logo "Mani con le reti":
disegno - Manuele Minnuzzo (mail: manuele.minuzzo@gmail.com).

A Marco Santoro,
senza il quale questo libro non esisterebbe.

GIAIRO

Racconto Secondo

Di giorno grido, mio Dio,
e tu non rispondi,
anche di notte e non trovo pace.

Sono in pericolo e non c'è chi mi aiuta.
I nemici mi circondano come mandrie di tori,
mi accerchiano come bufali enormi,
ruggiscono come leoni feroci
contro di me spalancano la bocca.

Le mie forze se ne vanno
come acqua che scorre,
le mie ossa sono tutte slogate,
il mio cuore si scioglie come cera.

Salmo 22

Prima

1

La superficie del lago era nera e silenziosa, l'aria immobile attorno a loro. La piccola lampada mostrava le increspature che la barca creava, allargarsi e scomparire al di fuori del piccolo cerchio di luce. Giairo e Nathanael tirarono su le reti ancora una volta. A quel punto fu chiaro che non avrebbero più potuto caricare altro pesce a bordo. Anche quella notte era finita.

Presero in mano i remi e si diressero verso la spiaggia. Quando la barca fu vicina alla riva i due saltarono giù e camminando nell'acqua la guidarono fino al bagnasciuga, Nathanael spingendola da dietro e Giairo tirandola con una corda.

Non appena la barca fu in secco, si tolsero le vesti e si tuffarono.

Da sempre erano soliti celebrare quel loro piccolo rituale dopo una notte di lavoro. Faceva parte di ciò che li aveva portati a scegliere la vita da pescatori.

A differenza di altri, non abituati a vivere in simbiosi con il lago, non avevano paura delle acque nere che li circondavano. Certe notti la superficie era così calma da riflettere perfettamente il cielo soprastante, dando l'illusione di nuotare in mezzo alle stelle.

Una volta usciti, restavano stesi all'aria, spossati, lasciando che il calore dei loro corpi si dissipasse insieme alla brezza dell'alba in arrivo.

Poi, dopo alcuni minuti, si rimettevano in piedi e, ancora nudi, caricavano il pesce su un carretto trainato da un mulo, dividendolo per tipo nelle ceste, pronto per essere venduto al villaggio.

Non avevano timore di essere visti. La casa di Giairo era molto distante dal centro abitato così come quella di Nathanael e non c'erano altri pescatori in quella zona del lago. La gente di Gadara era più dedita all'allevamento del bestiame che alla pesca. Anche la famiglia di Nathanael possedeva un allevamento di maiali. Difatti lui aveva imparato il mestiere del pescatore da quella dell'altro. I padri avevano banchi da venditori vicini. Si erano conosciuti al mercato, in un giorno di inizio estate di molti anni prima.

Da bambino Nathanael aveva passato molto più tempo a casa dell'amico che nella propria. Ultimo di sei figli maschi, tra le mura domestiche non c'era mai stato molto tempo per lui: troppo lavoro, troppi adulti. Mentre nella famiglia di Giairo era subito stato accolto come un terzo figlio.

Quando era stato grande abbastanza per poter decidere da solo, Nathanael era andato a vivere in una baracca sul lago, poco distante dall'amico. L'aveva rimessa in piedi e ne aveva fatto la sua abitazione. Non aveva ancora una barca propria, così da subito il padre di Giairo gli aveva offerto di utilizzare insieme quella loro, dividendo i guadagni in parti uguali, come fratelli.

E fratelli, loro, lo si sentivano davvero.

Anche se Nathanael aveva i suoi, non si era mai

sentito legato a loro come lo era a Giairo. Da quando poi aveva deciso di abbandonare l'allevamento per dedicarsi alla pesca, i rapporti con la famiglia d'origine erano peggiorati e si parlavano a stento.

L'altro dal canto suo considerava l'amico l'ultimo scampolo di famiglia che gli era rimasto, da quando aveva perso il padre e il fratello maggiore.

Quel giorno toccava a Nathanael portare il pesce al villaggio, perciò Giairo poteva godersi subito il riposo dopo la notte. Separarono i pesci nelle ceste e ripiegarono le reti sulla barca. Dopo essere risaliti per un tratto lungo il sentiero in mezzo agli alberi, si fermarono a un bivio. Nathanael si rimise la tunica e se la cinse ai fianchi, prendendo in mano le briglie del mulo.

"Sicuro che tu non voglia aiuto? Oggi il carico è abbondante" chiese Giairo.

"Non preoccuparti, il nostro amico qui basterà" diede una pacca leggera sulla schiena del mulo che ragliò. "Tu vai. Hai chi ti aspetta a casa".

L'altro sorrise, senza insistere oltre. E mentre la luce della lampada scompariva fra i tronchi insieme al cigolio del carretto, si voltò avviandosi a grandi passi sul sentiero di sinistra, la tunica in mano. Non aveva bisogno di lampade per orientarsi al buio. Conosceva quei boschi come il palmo della sua mano. Era vissuto lì fin da piccolo e gli bastava che i suoi occhi si abituassero appena all'oscurità per poter avanzare spedito tra gli alberi senza inciampare mai.

Quando arrivò davanti il terrapieno sul quale sorgeva la piccola casa, il cielo a est si stava già schiarendo, mostrando un tenue biancore, e il paesaggio iniziava a prendere forma immerso in una luminosità azzurrognola.

Giairo si fermò davanti la tettoia che copriva l'ingresso per contemplare la valle che si risvegliava ai suoi piedi.

Sul fondo il lago si stendeva fino all'altra sponda raddoppiando la vista in un'illusione perfetta. Più lungo che largo, se lo si guardava da una punta all'altra non se ne vedeva la fine, e nelle giornate di foschia anche le rive opposte svanivano, aumentando l'illusione che fosse un mare.

Per questo veniva chiamato così dalla gente del luogo: il Mare di Galilea.

Quel giorno però la Galilea era ben visibile. Le colline più alte, dietro la casa, si tingevano già di verde e d'argento, là dove i primi raggi del sole, oltrepassando l'orizzonte, si intrecciavano con le chiome degli olivi e dei cedri. A ovest invece, le ultime stelle brillavano ancora.

L'uomo prese un lungo respiro, assaporando i profumi che la brezza del mattino portava con sé: l'odore della terra umida, quello pungente delle foglie del sottobosco, il lago stesso. Anch'esso aveva un odore inconfondibile.

"Giairo, entra in casa. Fa freddo".

La voce assonnata che lo raggiunse alle sue spalle era l'unica cosa in grado di rendere Giairo più felice di quanto aveva davanti agli occhi. Si voltò.

Appoggiata allo stipite della porta, una donna lo guardava con aria assonnata.

Era Sara, sua moglie.

Stava in piedi, avvolta in una coperta di lana che la madre di Giairo aveva intessuto per suo fratello, quando era bambino. La coperta l'avvolgeva fin sopra la testa e le ricadeva addosso lasciando spuntare dalle pieghe solo i piedi nudi e il volto, mentre dalla fronte sfuggivano due ciocche ricce e scarmigliate. Aveva l'aspetto di una ragazzina appena alzata.

L'uomo sorrise: solo lei poteva sentire freddo in una notte tiepida come quella.

"Ti ho svegliata?" chiese.

Sara scosse la testa. "Ero già sveglia" lo squadrò. "Hai fatto di nuovo il bagno di notte. E sei nudo".

Giairo si riscosse. Lo aveva dimenticato. Tuttavia non si coprì. Se non sentiva pudore per Nathanael, che considerava un fratello, non poteva averne neanche di fronte quella donna, che amava più di sé stesso.

"Sai che mi dà fastidio che tu vada in giro così" ripeté lei.

"Ma non mi vede nessuno".

"Ti vedo io".

"Mi sembra non sia la prima volta che mi vedi…".

"Se fossimo di là dal mare ti avrebbero già lapidato".

"Allora dobbiamo ringraziare di non essere

giudei".

"Prima o poi ti verrà un accidente".

"Donna, non mi annoiare, su. Lo dici da quando ti ho sposata".

Senza replicare Sara rientrò in casa, tirandosi dietro la coperta. "Quando accadrà io non ti curerò" disse forte attraverso la porta. Giairo rise.

"Allora? Vieni a letto o no?" lo chiamò lei, dopo un attimo.

L'uomo la seguì.

Non appena dentro ebbe bisogno di un istante perché gli occhi si abituassero alla penombra.

"Eccomi" rispose, lasciando cadere la veste al suo fianco.

Nel buio vide la moglie sorridere, sul fondo della stanza.

2

Quando si svegliò, alcune ore più tardi, Giairo trovò il sole già alto che filtrava dalle coperture di paglia alle finestre. Si alzò dal letto e, indossata la veste, uscì ancora assonnato.

Sara era nell'orto addossato a un lato della casa, a strappare i germogli delle erbacce che spuntavano dalla terra. L'uomo stette ad osservarla appoggiato sotto la tettoia mentre lei non dava segno di essersi accorta della sua presenza. Come in una danza sfiancante si alzava e abbassava tirando con forza le piante verdi per estirparle alla radice. Ad ogni colpo i capelli rossi bruciavano di riflessi nella luce del giorno. Stava canticchiando. Lo faceva spesso mentre lavorava. Il più delle volte stralci di salmi che ricordava a memoria:

"Signore Dio mio quanto sei grande!
Dall'alto dei cieli fai piovere sui monti
e non fai mancare alla terra l'acqua
necessaria.
Fai crescere l'erba per il bestiame
E le piante che l'uomo coltiva.

Così la terra gli dà da vivere:
vino per renderlo allegro,
olio per far brillare il suo volto
e pane per ridargli vigore".

Quando l'ascoltava, Giairo si ritrovava sempre a sorridere, e quelle parole, così ostiche per lui, cantate dalla sua voce acquisivano senso.

Anche quella era stata una novità.

Come molti nella regione, l'uomo non aveva mai nutrito un sentimento religioso particolarmente spiccato. I Gadareni non facevano parte delle tribù d'Israele. La maggior parte erano pagani, venivano da altre terre, non osservavano la legge di Mosè. Inoltre lui nella propria vita era stato toccato da eventi che avevano messo a dura prova quel poco di fede che gli era stata trasmessa.

~

Sua madre era morta colpita da un brutto male quando lui era ancora un bambino. La sua perdita era stato il primo dolore grande della sua vita. Il padre, per questo, da allora lo aveva cresciuto con un'attenzione maggiore di quella riservata all'altro figlio, già grande al momento della scomparsa. Con il loro aiuto Giairo si era ripreso da quel lutto e aveva riacquistato abbastanza presto il sorriso.

Quello che aveva contribuito a farlo allontanare del tutto dal pensiero che un qualsiasi Dio esistesse e si occupasse di lui, era avvenuto invece quando aveva diciassette anni.

Come ogni sera il fratello e il padre erano usciti in barca per la pesca notturna. Quella notte anche lui sarebbe dovuto andare, ma una improvvisa nausea lo aveva costretto a rimanere a letto. Passate un paio d'ore, il malessere era finito, la stanchezza aveva avuto la meglio e si era addormentato. Quando al suo risveglio non aveva trovato nessuno, Giairo aveva subito capito che qualcosa non andava. Fuori era giorno e la terra fradicia aveva dato corpo ai suoi timori: una tempesta.

Aveva corso più in fretta che poteva.

Trovò la barca rovesciata su un lato fra le rocce, in un'insenatura a poche centinaia di metri dalla rada da cui scendevano a mare. Dei due nessuna traccia.

Dovette seguire la costa a lungo prima di trovare il corpo del padre. Affiorava dal pelo dell'acqua, la testa riversa su uno scoglio, ripiegato in una posa innaturale.

Di quanto avvenne dopo conservava solo frammenti: le mani indurite, il freddo contro l'orecchio, lo stomaco contratto, l'amaro in bocca...

Sapeva di essere rimasto per un tempo indefinito con la testa contro il suo petto rigonfio, sperando di sentirne il respiro sollevargli il capo. Nathanael lo aveva trovato così, dopo diverse ore, tremante per l'alta marea che aveva iniziato a bagnarlo. Aveva dovuto insistere a lungo per farlo tornare in sé, e poi per convincerlo ad allontanarsi dal corpo gelido del padre e chiamare aiuto.

Il fratello maggiore non fu mai ritrovato.

Per Giairo quel giorno Dio era affogato insieme alla sua famiglia. Non gli interessò più se esistesse o meno. Dio degli ebrei o Dei pagani, chiunque Egli fosse, se esisteva non meritava nessun tipo di attenzione, come Lui non l'aveva avuta per i suoi familiari.

Il lago invece divenne ancora di più la sua ragione di vita.

Esso era ciò che lo teneva legato a suo padre e suo fratello, e invece di vederlo come il luogo della loro morte, divenne il luogo dove poteva incontrarli e sentirli vicini e dove il loro ricordo non si sarebbe mai spento.

A volte, quando nuotava con Nathanael, aveva preso l'abitudine di staccarsi da lui, andando dove il fondale era più basso, per poi chiudere gli occhi ed espirare tutta l'aria che aveva nel petto, lasciando che il peso del corpo lo tirasse giù.

Restava così, sospeso e immobile per un tempo indefinito nella profondità buia, finché il petto non iniziava a bruciare. Poi con un colpo di gambe risaliva.

Anche se non ne aveva mai parlato all'amico, una parte di lui sperava ogni volta di raggiungere i suoi, lì sul fondo, dove tutto era pace e silenzio. Giairo sapeva che l'altro ne aveva coscienza. Dopo quegli eventi, negli anni successivi, solo Nathanael era stato in grado di impedire alla disperazione di sopraffarlo completamente. Tenendosi stretto a lui, gli aveva fornito un appiglio per potere sopravvivere. Così la sua vita era proseguita sul filo dell'indifferenza, con l'unica consolazione di quel fratello.

Finché non era arrivata Sara.

Sara con i suoi salmi canticchiati tra un lavoro

e l'altro; Sara con le sue espressioni di stupore di fronte al sole che sorge; Sara che chiacchierava con le piante dell'orto come se la potessero ascoltare; Sara che si meravigliava di fronte a una pioggia estiva quando contemporaneamente c'era il sole. Attraverso i suoi occhi l'uomo aveva imparato a riscoprire le piccole cose che lo circondavano come doni.

Era stata lei a farlo riavvicinare a Dio.

Cugini di secondo grado, erano stati promessi fin da quando erano piccoli. L'ultimo regalo che i genitori di Giairo gli avevano fatto.

Neanche la famiglia di Sara osservava la legge di Mosè, ma da sempre lei era stata abituata a scoprire Dio nel mondo che la circondava. La sua era una spiritualità semplice. Dai pagani aveva appreso la capacità di riconoscere la divinità nelle manifestazioni della natura. Dagli Ebrei la consapevolezza che tutto doveva essere riconducibile a un'unica mente, poiché tutto nel mondo naturale diceva di un ordine, che non poteva che essere il frutto di un solo immenso sguardo.

La sua visione era diversa da quella che i maestri della legge da sempre trasmettevano ai loro discepoli: meno austera.

Anche se non lo avrebbe ammesso mai, a Giairo piaceva di più quel Dio. Era diverso dal Dio scivolato nelle profondità dell'abisso insieme alla sua famiglia.

Era un Dio buono.

E se l'orgoglio non gli permetteva di perdonare

il Dio che gli aveva procurato tanto dolore, in fondo, segretamente, egli si permetteva di amare quello che Sara gli aveva fatto conoscere.

Non si univa mai al canto che la donna innalzava ogni giorno, ma in fondo alla sua anima si sentiva grato per quella creatura che era entrata nel suo mondo, completando ciò che fino ad allora era stato Nathanael.

Diventando la sua famiglia.

Sara alzò gli occhi e si accorse della sua presenza, smettendo di cantare.

"Buongiorn... oh!" distratta, tirò con troppa forza la pianticella stretta fra le dita e cadde sul fondoschiena, scoppiando a ridere. Giairo si unì a lei, mentre la soccorreva.

"Stai bene?" le chiese aiutandola a rialzarsi.

"Sì, sono solo imbranata".

"Non dovresti fare sforzi adesso".

"Giairo, su. È ancora presto. Non essere apprensivo".

"Disse colei che da un anno profetizza un mio malanno...".

"Sciocco" provò a dargli una gomitata e lui la strinse di più, bloccandole le braccia.

"Sei mia prigioniera" disse, affondando il viso fra i capelli e inspirando il suo profumo.

"Lo credi tu" ridacchiò senza opporre resistenza. "Sei tu che sei il mio".

"Hai ragione".

"Lo so".

Giairo le baciò la guancia e intrecciò la mano con la sua appoggiata sul grembo della donna. Entrambi si persero a fissarle: quella timida curva della sua veste celava un nuovo dono della vita che ancora non riusciva a credere possibile.

Sara aspettava un figlio.

"Sicura di stare bene?" mormorò.

"Sicura".

Dopo tutto, ogni cosa sembrava riacquistare un senso nella loro esistenza. Forse un Dio benevolo esisteva davvero. E se era così, sembrava davvero che Egli li avesse scelti per i suoi favori.

~

Quel giorno Sara doveva andare a fare visita a sua madre, Orpa. Le due non vivevano vicine e Sara sapeva che la madre aveva vissuto con apprensione il loro distacco, temendo che non si sarebbero viste più. Per questo, da quando si era sposata, Sara aveva preso l'abitudine di andare a trovare Orpa una volta alla settimana.

Giairo non amava quelle visite. Non era mai stato particolarmente socievole, e le cose non erano migliorate da quando aveva perso la sua famiglia. Al di fuori del suo piccolo universo, fatto del lago, di Nathanael e di sua moglie, egli non nutriva una grande apertura verso il resto del mondo. E le cose peggioravano quando si trattava della suocera. Non era un segreto che Orpa lo guardasse come *il rapitore* della figlia. I due mantenevano rapporti cordiali solo per l'amore che portavano entrambi a Sara. Se non ci fosse stato l'accordo tra suo marito, anch'egli defunto, e il padre di Giairo, Orpa non avrebbe di certo permesso quel matrimonio.

In ogni caso, seppur malvolentieri, spesso l'uomo acconsentiva ad accompagnare la moglie. Quel giorno in particolare però, la pesca era stata particolarmente faticosa e sentiva il bisogno di riposarsi. Avrebbe preferito che lei rimandasse, ma Sara su questo non transigeva: se lui non voleva andare la cosa non la riguardava. Lei non avrebbe rinunciato. Il carro era ancora al villaggio con Nathanael, e non gli sarebbe stato riportato che verso sera. Giairo non voleva che Sara facesse quella strada da sola e per di più a piedi, ma non amava nemmeno che gli si facesse forza. Alla fine nessuno dei due fu disposto a cedere, ma almeno ottenne da Sara che si accordasse con l'amico al mercato, per tornare con lui.

Quando la salutò con un bacio affrettato sotto la tettoia, l'uomo avvertì una strana sensazione stringerlo al petto.

"Sicura di non voler aspettare un altro giorno?"

"Sicuro di non voler andare oggi?"

Giairo sorrise: era una battaglia persa.

"Ho capito" disse.

"Tranquillo" fece lei. "Ti prometto che andremo insieme la prossima volta, visto che ci tieni tanto".

"Sei una testarda".

"No, sono tua moglie. Non mi ameresti se non fossi capace di tenerti testa" aveva le labbra stese in un sorriso e i capelli più rossi che mai.

"Hai ragione" disse sconfitto.

"Lo so".

"Ti amo".

"So anche quello" ridacchiò. E coprendosi il capo con il velo, si staccò da lui e ridiscese il sentiero, sparendo all'ombra della foresta.

~

Appena inoltratasi tra gli alberi la luce si fece più tenue e Sara poté tenere gli occhi aperti senza difficoltà. L'aria era tiepida e umida. Lasciò scivolare il velo dalle spalle, tenendolo morbido a metà della schiena, perché non le facesse caldo. Le foglie secche scricchiolavano sotto i suoi piedi mentre avanzava sul sentiero. Iniziò a canticchiare. Prima senza parole, poi sussurrando qualche verso dei salmi che conosceva a memoria. Intorno a lei gli alberi sospiravano sfiorati dal vento. Amava passeggiare per la foresta, anche se le capitava di rado di farlo da sola. Per questo, se ne aveva l'opportunità, non andava mai di fretta. I raggi del sole fra le fronde, le cicale che stordivano l'aria, gli uccelli, l'odore di resina: tutto le dava pace.

Quando si trovava ormai a metà strada dalla fine della macchia però, Sara avvertì qualcosa di diverso: una sensazione sgradevole sotto la pelle, come una nota stonata.

Prese a guardarsi attorno senza smettere di

camminare, ma ovunque poggiasse lo sguardo non riusciva a notare nulla di strano. Eppure quella sensazione non l'abbandonava.

Senza accorgersene, si ritrovò ad accelerare il passo.

Ogni tanto un movimento ai margini del suo campo visivo la faceva voltare, ma poi si ritrovava a fissare qualche cespuglio appena agitato da una brezza.

Si convinse che qualcuno la stesse osservando.

Continuò a camminare, il battito del cuore leggermente accelerato.

Di certo era solo suggestione. Tuttavia non riusciva a stare tranquilla.

Cosa c'era di diverso?

Cosa...

D'un tratto, capì. E si fermò all'istante.

Trattenne il fiato.

Silenzio.

Era il silenzio la nota stonata.

Sotto il rumore dei suoi passi non era riuscita a coglierlo, ma appena si fu fermata divenne più che evidente: la foresta era improvvisamente piombata in un silenzio profondo. Niente cicale, né cinguettii sommessi, né un frullio d'ali. Tutto taceva.

Riprese a camminare, stavolta con un ritmo più concitato. La sensazione sgradevole che la stringeva iniziò a prendere i contorni dell'inquietudine.

Perché quel silenzio? Era innaturale.

Per un attimo Sara quasi ebbe la sensazione che nemmeno le foglie sotto i suoi piedi scricchiolassero più. E vaneggiava, o la luce attorno a lei si era affievolita?

Le vennero alla mente i racconti che ogni tanto si sentivano, di donne sorprese dai briganti, e si sentì una sciocca ad avere insistito tanto per andare da sola al villaggio.

"Calma" si disse ad alta voce. "Non c'è nessun motivo per essere preoccupati".

Ma sentire la propria voce risuonare nel vuoto, le trasmise più angoscia di prima.

Iniziò a intonare un salmo, sperando che questo l'aiutasse a calmarsi:

"Se pure camminassi per una valle oscura
Non temerei alcun male, perché tu sei con me...".

Non riuscì a proseguire. Aveva la bocca asciutta. Si chiese se non fosse il caso di tornare indietro, ma a quel punto era di meno la strada che la separava dal villaggio che non quella che la separava da casa, e poi, c'era sempre quella fastidiosa sensazione di essere osservata che non la lasciava in pace. Se davvero qualcuno la stava seguendo, tornare indietro significava andargli incontro.

Scosse la testa, infastidita. Non era mai stata una che si faceva prendere dal panico e non sopportava di agitarsi così, come una donnetta qualsiasi, solo per un'atmosfera un po' lugubre.

Ma per quanto la sua mente le dicesse di stare calma, il suo corpo non reagiva di conseguenza.

Accelerò ancora il passo.

La sensazione che la luce fosse di meno a quel punto divenne una certezza. Dovevano esserci delle nuvole in cielo, oltre le chiome degli alberi. Sara si avvolse di più nel velo coprendosi fin sopra i capelli: un gesto di protezione, più che un riparo. Anche se persino l'aria sembrava essersi fatta più fredda.

La parte del sentiero che si snodava tra gli alberi era quasi alla fine quando un rumore secco alle sue spalle la fece sobbalzare. La donna si portò una mano al petto, presa dallo spavento, gli occhi sgranati, il battito accelerato. Senza nemmeno voltarsi iniziò a correre.

Non le importava cosa fosse stato. Mancava poco per uscire dagli alberi.

I suoi passi risuonavano pesanti nel silenzio circostante, insieme al suo respiro affannato. Almeno l'assenza di altri rumori significava che nessuno la stava inseguendo.

La luce che filtrava fra i tronchi si fece più forte di fronte a lei, segno che il limitare era vicino. Sara ne fu sollevata. Per un istante accennò un sorriso, ma non smise di correre. Poi avvertì di nuovo la sgradevole sensazione di essere osservata.

Vero o no, l'ansia fu tale che non poté non voltare la testa mentre ancora stava correndo.

Un istante. Non c'era nessuno.

Rigirò il capo.

E soffocò un grido.

~

Il mestolo di legno cadde e l'acqua si sparse sul terreno polveroso. Giairo si chinò a raccoglierlo, senza guardare. La sua attenzione era diretta verso la macchia di alberi che si stendeva poco più giù della casa.

Era un urlo quello che aveva sentito?

Non poteva esserne sicuro. Si rialzò e rimase immobile, le orecchie tese cercando di percepire ogni possibile rumore.

Niente.

Restò un minuto intero così, prima di convincersi che la sua mente gli avesse giocato un brutto tiro. Ma mentre riversava l'acqua restante del secchio nel pozzo, quella sensazione di inquietudine non l'abbandonava.

"Non è nulla, sciocco..." mormorò fra sé.

Non era nulla certo.

Sara stava bene.

~

Sara si fermò di botto, rischiando di cadere in avanti.

Comparve così, all'improvviso: un uomo, in piedi sul sentiero. La attendeva immobile, le braccia conserte. Per un attimo si fissarono: lei gli occhi sgranati, lui col viso tagliato di sbieco da un sorriso. Una ventina di passi li separavano.

La donna si maledisse per aver gridato. Non voleva farsi vedere spaventata.

"Scusami, straniero. Non volevo... mi hai colta alla sprovvista" cercò di mascherare il fiatone, ignorando il pericolo che leggeva in quegli occhi. "Devo passare" aggiunse. Ma nonostante i suoi sforzi di sembrare autoritaria, la voce le uscì supplichevole.

Lui continuò a fissarla in silenzio, senza togliersi quel ghigno dalla faccia.

Poi fece un passo.

E lei capì.

~

Si voltò e iniziò a correre.

Corse e corse sempre più velocemente, sperando che il suo corpo la sostenesse, sperando che qualcuno la trovasse.

Attorno a sé gli alberi divennero una massa indistinta e scura. La tentazione di voltarsi era grande, ma non ne aveva bisogno. Sentiva i passi dell'uomo che la inseguivano.

Lasciò andare il velo che la intralciava e corse più forte. Il corpo doleva, le gambe divennero pesanti. Non c'era tempo di riprendere fiato.

Non c'era fiato per gridare.

Era di nuovo nel cuore della macchia a metà del sentiero, lontano dalla luce.

Dov'era Giairo? Dov'era Nathanael? Perché era andata...

La sua fuga si interruppe di nuovo e stavolta non riuscì a mantenere l'equilibrio.

Un secondo uomo era saltato fuori dalla boscaglia, piazzandosi di fronte a lei. Sara portò una mano al ventre e così non poté pararsi nella caduta.

Sbatté la faccia, ferendosi un labbro. La stanchezza della corsa le piombò addosso all'istante. Non cedette. Subito si rialzò, il respiro sconvolto. Voltò la testa avanti e indietro, braccata.

Quella sensazione che l'aveva portata a voltarsi più volte lungo la strada era dunque reale: qualcuno la stava seguendo.

Il primo uomo si era fermato, l'altro non aveva fretta di avanzare. Entrambi avevano un'espressione trionfante sul viso. Credevano che a quel punto lei non avrebbe più opposto resistenza.

Si sbagliavano.

Sara scattò di lato. Se il sentiero era preso, l'unica via di fuga restava in mezzo agli alberi. Nella corsa perse un sandalo. Non si fermò. Prese a zoppicare, il piede ferito dai ramoscelli e foglie secche. Dietro di lei poteva sentire il respiro degli uomini che la inseguivano. La veste si lacerò tra grovigli di spine e cespugli, le gambe si graffiarono. Il terreno dove si era inoltrata era in salita. La sua velocità diminuì, ma dietro di lei anche i suoi inseguitori dovettero rallentare.

Mentre si inerpicava su per la collina, sbatté il piede destro contro una pietra, facendosi saltare un'unghia. Il dolore fu troppo. Un grido le sfuggì fra i denti, mentre si inarcava all'indietro, in bilico su un piede.

Annaspò. Perse l'equilibrio. Il cielo prese il posto della terra e viceversa, più e più volte. Sbatté su pietre, cespugli e rami spezzati. I palmi si scorticarono in cerca di un appiglio, mentre rotolava giù, dritta verso i suoi inseguitori. Poi la caduta si arrestò con uno schianto alla schiena. Sfiatò all'istante tutta l'aria che aveva in corpo. Cercò di riprendersi, ma ogni respiro le provocava fitte di dolore allo sterno. Doveva avere le costole rotte.

Era finita contro una roccia piatta che spuntava di sbieco da un pianoro.

Con un ultimo tremendo sprazzo di volontà cercò di tirare su la testa, la vista annebbiata. Li sentì avvicinarsi.

Non correvano più. Non ce n'era più bisogno.

Aveva il viso impiastricciato di sangue, i capelli attorcigliati in un groviglio di fango. La veste si era aperta in un ampio squarcio da un lato, sporca di terra e foglie. L'alluce pulsava di dolore. Sara sentì le lacrime scivolarle sul viso, mentre li sentiva ridere. Sapeva cosa l'aspettava. Portò per l'ultima volta la mano al grembo, in un tentativo estremo di proteggere se stessa e il bambino. Poi vide le loro facce sopra di lei. D'istinto cercò di stringere le gambe, ma una fitta di dolore le salì su per la schiena impedendole di tendere i muscoli. Chiuse gli occhi, tremando.

"No... no... no..." non aveva nemmeno la forza per implorare.

Sentì uno degli uomini metterle una mano sulla bocca, mentre altre due mani la stringevano alle caviglie.

Una voce le sospirò umida e calda sul viso. "Fai la brava, ora. Vedrai, ci divertiremo, noi tre...".

Senza accorgersene il suo pensiero corse a Giairo.

Ne morirà.

Il pensiero la trafisse come una lama al cuore.

Spalancò gli occhi. "No!" riuscì a gemere.

"Zitta!" uno dei due la schiaffeggiò, stordendola. La testa le si riversò di lato. Poi sentì che le strappavano la veste e le legavano le mani. Le lacrime scendevano sole.

Ti prego, Signore, ti prego: non permettere che...

Non ci fu tempo per concepire quella preghiera silenziosa.

Mentre sentiva le loro mani afferrarla con violenza, la mente si confuse e Sara perse i sensi.

Poi il male travolse ogni cosa

3

Il pane era fatto, la tavola preparata, la capra nel recinto dietro casa aveva mangiato. Giairo stava seduto a terra, la schiena poggiata al muro, sotto la tettoia, godendosi un po' di riposo in attesa che Sara e Nathanael tornassero. Quando lei andava dalla madre era lui che si occupava della cena. Anche se era inusuale per un uomo, quell'occasionale ribaltamento dei ruoli non gli dispiaceva. Faceva parte del gusto sottile che provava nel vivere slegato dai costumi della sua gente.

Le prime stelle stavano apparendo lontano, sul lago, quando il familiare rumore di zoccoli accompagnato da un cigolio di ruote lo raggiunse. All'udire quel suono la tensione che dalla mattina non aveva smesso di perseguitarlo, si sciolse. Si tirò su, impaziente.

Sara stava tornando. Non c'era più motivo di preoccuparsi.

La luce della lampada filtrava già fra i tronchi, annunciando l'arrivo del mulo col suo carico. L'uomo discese il sentiero andando loro incontro. Il primo ad apparire fu Nathanael, con in mano le briglie, dietro di lui la bestia che lo seguiva obbediente.

Poi il carretto.

Giairo si arrestò.

"Ottima giornata!" disse l'amico, sorridendo. "Abbiamo venduto tutto".

L'altro non lo stava ascoltando. I suoi occhi erano fissi sul rimorchio con le ceste accatastate.

Vuoto.

"Se continua così…"

"Dov'è Sara?"

Nathanael si interruppe, perplesso. "Cosa?"

Giairo si avvicinò, indicando il rimorchio. "Sara! È andata a trovare sua madre. Dov'è?".

"Ma… io…" Nathanael balbettò appena. "Giairo, io… non lo so".

"Che vuol dire *non lo sai?*"

"Oggi Sara non è passata dal mercato".

Il mondo prese a girare.

Dovette aggrapparsi al carretto.

"Giairo, aspetta, spiegami" Nathanael mollò le briglie e gli si fece vicino.

"Lei… mi aveva promesso che vi sareste messi d'accordo per tornare insieme" Giairo parlava col viso rivolto a terra, la testa in mezzo alle braccia, stese in avanti mentre cercava di riprendere aria.

"Giairo…".

L'altro con uno scatto sollevò la testa, rivolgendogli uno sguardo allucinato. Poi con una spianta lasciò il carretto e si infilò fra gli alberi. "SARA!" prese a gridare. "SARA, DOVE SEI?"

Nathanael lo sentiva correre nel buio, avanti e indietro. "Giairo, calmati…".

"*No, che non mi calmo!*" gridò l'altro risbucando come una furia. Salì sul rimorchio e buttò all'aria le ceste come se Sara potesse essere nascosta lì. "Dov'è, dov'è…" saltò giù, tornò al sentiero e sparì di nuovo alla vista. "Io le avevo *detto* di non andare!" gridò. "Ma lei è voluta andare lo stesso. Allora mi sono incaponito e l'ho fatta andare sola" spuntò di nuovo tormentandosi la faccia, le dita fra i capelli. Si bloccò, lo sguardo rivolto a terra. "Non dovevo farla andare da sola, non dovevo farla andare da sola..." prese a dondolare, gli occhi serrati come se sentisse un dolore lancinante.

La velocità con cui Giairo aveva perso il controllo lasciò Nathanael sopraffatto per un momento. Capiva cosa quella situazione rievocasse in lui. Come a confermare i suoi pensieri l'uomo prese a piagnucolare, stretto nelle braccia. "Non la mia Sara, non la mia povera Sara, non *di nuovo*...".

Vedendolo in quello stato, Nathanael si riebbe. Doveva restare lucido per entrambi.

Senza indugiare oltre lo afferrò per le spalle. "Giairo, ora guardami. *Guardami!*" ordinò. L'altro finalmente sollevò gli occhi, come se non lo riconoscesse. Nathanael rivide lo stesso sguardo smarrito di quando lo aveva trovato col padre lungo la sponda del lago, tanti anni prima.

Il pensiero gli provocò una fitta, ma lo scacciò subito con tutte le sue forze.

No.

Non era accaduto niente del genere. Sara stava bene.

"Ora io e te andiamo a cercarla, va bene?" disse sicuro.

L'altro lo fissava assente.

"*Va bene, Giairo?*" ripeté fermo, scuotendolo

ancora, senza staccare lo sguardo. "Ora andiamo a cercarla. Probabilmente si è spinta fuori dal sentiero per guardare qualche uccello o raccogliere qualcosa. Sai com'è lei, no? Magari ha messo il piede in una buca ed è scivolata da qualche parte. Sono sicuro che è solo questo. Tuttavia non possiamo perdere tempo. Lei ha bisogno che la troviamo. Quindi tu devi aiutarmi a trovarla. Va bene, Giairo? Sei con me?"

Giairo lo guardò per un po', come se non avesse capito una sola parola.

"Ci sei, Giairo? Ho bisogno che tu ci sia" lo afferrò per la nuca con un gesto che era insieme d'affetto e di controllo, guardandolo dritto. "Voglio sentire il tuo sì".

"Io…" l'amico strizzò gli occhi e scosse la testa. Li riaprì battendo più volte le palpebre. "Sì" rispose. "Sì, certo, sì" annuì freneticamente, come illuminato. "Hai ragione. È una cosa da lei" ripeté. "Sarà andata dietro a qualche animale e sarà caduta" Nathanael vide che stava tornando presente a sé stesso. "Sì, è proprio da lei. La solita imbranata" tentò un sorriso.

"Infatti" l'amico lo incoraggiò sforzandosi di sorridere anche lui. "È da lei. La solita imbranata".

"È da lei" Giairo asciugò una lacrima cercando di tenere la mente su quel pensiero. "Vedrà, quando la trovo! Le darò una lezione. Vedrà".

L'amico rise nervoso. "Sì certo, dopo ci penserai. Ora dobbiamo solo trovarla, va bene?

Non perdiamo altro tempo".

"Sì, non perdiamo tempo" era sempre di più in sé.

"Bene, così" Nathanael sorrise. "Ora, ci serve della luce".

Non furono necessarie altre parole.

Giairo corse dentro casa, mentre l'altro prese a rovistare fra la legna accatastata sul retro, alla ricerca di due rami robusti. Ne trovò uno lungo e lo spezzò a metà, facendo leva con un piede. Nello stesso momento tornò Giairo con dei pezzi di stoffa imbevuti nell'olio. Li annodarono alle estremità di ciascun pezzo e gli dettero fuoco con la fiamma della lampada. Presero subito, in un turbinio di scintille e crepitii. Con quelle torce improvvisate potevano iniziare la ricerca. Il buio era già sceso e quella notte non c'era la luna.

"Andiamo" disse Giairo di nuovo lucido.

Si infilarono fra gli alberi ripercorrendo il sentiero verso il villaggio, lungo la strada che Sara avrebbe dovuto fare la mattina.

Nessuno dei due parlava. Lo spazio si deformava aprendosi al loro passaggio e chiudendosi alle loro spalle, come se l'oscurità fosse più densa delle fiamme. La luce si infiltrava fra i tronchi, creando ombre cave e danzanti. Molti versi notturni li accompagnavano in quella ricerca, ma per i due era la notte più silenziosa che avessero mai vissuto. Era il silenzio tra loro a gravare su tutto. Esso taceva ciò che nessuno dei due voleva ammettere.

A Sara era successo qualcosa di grave.

Arrivarono al bivio che conduceva al lago, e finalmente Nathanael parlò. "Potrebbe essere scesa alla spiaggia".

"Per quale motivo dovrebbe essere andata lì?" rispose Giairo, innervosito.

"Non lo so. Forse ha fatto una deviazione perché le andava di prolungare la passeggiata ed è scivolata facendosi male".

L'altro rifletté un istante. Se l'ipotesi dell'inseguimento di un animale non lo aveva convinto davvero, l'ipotesi di una deviazione per godersi il tempo del cammino non era così assurda. Sara amava passeggiare.

"Sì, potrebbe essere andata così" ammise. "Meglio dividersi".

"Sei sicuro?" Nathanael non voleva lasciarlo solo. "Non sarebbe meglio andare insieme?"

"Faremo più in fretta. Tu va' giù alla spiaggia, io continuo verso il villaggio".

"Facciamo al contrario".

"No, facciamo così" passato il momento di panico, l'uomo sembrava tornato quello di sempre. Ora era lui a comandare. "Se non la trovi oltre la cala con la barca, torna indietro: non si sarebbe spinta più in là. E raggiungimi".

Nathanael annuì e prima di separarsi lo afferrò per un braccio stringendolo forte. Un gesto d'affetto per infondergli sicurezza e per cercare egli stesso conforto. Giairo si scrollò infastidito. Non era il tempo.

Si divisero.

Nathanael prese a discendere il sentiero, verso il lago. Dal bivio alla rada la strada non era lunga. Non appena arrivato sulla spiaggia di ciottoli, vide la barca trainata in secca, come l'avevano lasciata la notte precedente. Per quanto la luce delle stelle e quella della torcia permettevano di vedere, non c'erano altre tracce per terra, oltre quelle che appartenevano a loro e che il mare durante il giorno aveva risparmiato perché troppo lontane dal bagnasciuga. Proseguì lo stesso sulla spiaggia, cercando ogni possibile segno del passaggio di Sara.

Superò la barca e percorse tutta la lunghezza della rada, guardando anche negli anfratti della roccia, laddove le colline scendevano repentinamente sulla sabbia creando costoni di pietra che sembravano affiorare dai ciottoli. Nonostante quanto detto da Giairo, decise di proseguire per un po' lungo la costa, saltando di scoglio in scoglio.

Più andava avanti più si rendeva conto dell'inutilità di quella ricerca. Per quale motivo Sara avrebbe dovuto spingersi così in là?

Iniziava a pentirsi di avere fatto quell'ipotesi, lasciando solo l'amico.

Saltando in una pozza su una roccia affiorante, scivolò e cadde in ginocchio. Finito carponi guardò lo scoglio che scendeva davanti a sé sotto il pelo dell'acqua e rabbrividì, mentre le immagini del giorno in cui era morto il padre di Giairo gli tornavano alla mente.

~

Era successo su una roccia così.

Quella sera nemmeno lui era uscito per la pesca. La nascita di un cugino lo aveva costretto a Gadara per i festeggiamenti. Quando la mattina aveva trovato la casa di Giairo vuota, aveva capito cosa dovesse essere successo. Subito era corso fuori. Il ritrovamento della barca aveva confermato le sue paure.

Nathanael aveva battuto la costa per ore, piangendo. Temeva di averli persi tutti. Non sapeva che l'amico fosse rimasto a casa quella notte.

Quando lo aveva trovato, su uno scoglio come quello, la gioia che aveva provato era stata pari solo al dolore per la morte di quello che per lui era un secondo padre. Prima di allora non sapeva che le due emozioni si potessero provare insieme. Da quel momento gioia e dolore si sarebbero intrecciate nel suo cuore in un nodo che il ragazzo non sarebbe mai più stato in grado di sciogliere e che aveva il sapore della colpa.

In realtà infatti, il sollievo per aver trovato l'amico era stato molto più grande della mancanza per la perdita degli altri due.

~

Nathanael si riscosse, mentre ancora fissava la roccia affiorante ai suoi piedi.

Cosa stava facendo? Sara non poteva essere lì.

A un tratto la consapevolezza che Giairo potesse

trovarla senza di lui, lo terrorizzò. Era già successo col padre. Non doveva accadere di nuovo.

Tornò indietro correndo.

~

Giairo andava inoltrandosi sempre più sul sentiero che conduceva a Gadara. Ogni istante poteva essere prezioso e il fatto di dover procedere a rilento lo stava facendo ammattire. Tuttavia non poteva fare altrimenti. Qualsiasi anfratto tra gli alberi poteva nascondere la donna. Non poteva infatti essere sul sentiero o Nathanael, tornando dal villaggio, l'avrebbe trovata.

Se era così, però, perché non rispondeva? Era svenuta? Aveva avuto un problema col bambino? Ad ogni orribile scenario che scacciava con fatica, se ne sostituiva uno peggiore, e per quanto facesse, mentre cercava freneticamente tra i cespugli aguzzando la vista fin dove la luce della torcia permetteva, quel suono che lo aveva raggiunto la mattina rimbombava ora nella sua mente più forte e nitido di quanto non fosse stato nella realtà: era un grido umano.

Perché non era andato a vedere? Perché aveva aspettato?

Quella domanda lo aggredì come una fitta. Scosse la testa cercando di non pensarci. Continuò a camminare, la vista offuscata per le lacrime che gli risalivano da dentro. Batteva le palpebre, cercando di scacciarle. Non poteva piangere, non serviva piangere. Non in quel momento. Doveva mantenere la vista acuta e la mente libera, per quanto possibile.

Aveva già fatto un bel pezzo di strada quando, su un lato del sentiero, scorse qualcosa con la coda dell'occhio. Ritornò subito indietro con lo sguardo, la torcia ben stretta nella mano a illuminare quello che aveva attirato la sua attenzione.

Un'ondata di calore lo investì all'istante.

Lì a terra, nascosto tra le foglie, c'era qualcosa.

Subito si gettò tra i cespugli per raccoglierlo. Lo riconobbe, era uno dei sandali di Sara. Nella luce rossastra si mimetizzava con il sottobosco.

Sara era stata lì. L'uomo alzò gli occhi verso il pendio ricoperto di alberi che si perdeva oltre la luce della torcia e la chiamò:

"SARA!"

Era stata lì. Doveva ancora essere lì da qualche parte.

Cominciò a correre.

"SARA!" chiamò ancora.

Perché non rispondeva? Perché aveva lasciato il sentiero? Aveva abbandonato il sandalo: stava correndo, stava scappando. Da cosa? In un attimo mille domande si aggiunsero alle altre che già vorticavano nella sua mente. L'aver ritrovato il calzare, se da un lato gli infuse nuova energia, dall'altro lo insidiò con una nuova paura. Arrancava con ansia tra gli alberi, combattendo con difficoltà la pendenza del terreno, cercando altre tracce, in uno stato di euforia e terrore.

"Sara!" urlò ancora. "Dove sei?"

Preso dalla foga mise il piede in fallo, e vacillò rischiando di cadere. Annaspò. Riuscì ad afferrare un arbusto. Tentò di riprendere l'equilibrio, ma il ramo non era abbastanza resistente.

Si spezzò.

Il vuoto lo inghiottì.

Per un attimo credette che tutto stesse per finire.

Poi un colpo alla schiena. Gemette e piegò la testa di lato.

Il tronco di un ulivo, che cresceva formando uno strano angolo con la pendenza del terreno, lo aveva bloccato, risparmiandogli una caduta rovinosa. Si ritrovò sospeso nel nulla, sotto di sé l'oscurità fatta di rami e cespugli, la torcia crepitante ancora stretta nella sua destra. Gli doleva la schiena per l'urto, ma stava bene. Non poteva perdere tempo. Appoggiandosi al tronco nodoso riguadagnò il terreno, trovò una posizione stabile e riprese la sua ricerca, mantenendo il peso in avanti per non rischiare di cadere di nuovo.

Mentre camminava, si immaginava Sara scappare su quel pendio, e si chiese se non fosse caduta anche lei. Forse per lei non c'era stato un ulivo a salvarle la vita.

Sentì di nuovo gli occhi bruciare. Stavolta fu più difficile trattenere le lacrime. Ma non cedette.

Poi, quando iniziava a pensare che il calzare sarebbe stata l'ultima cosa che avrebbe visto di lei, trovò delle tracce.

Rami spezzati e cespugli piegati lasciavano intendere che qualcuno fosse passato a gran velocità. Le tracce erano accompagnate e seguivano una scia impressa sul tappeto di foglie, dove il terreno era venuto alla luce, come se qualcuno fosse stato trascinato, o, più verosimilmente, fosse rotolato giù. Altri non se ne sarebbero accorti, ma Giairo no: lui conosceva la foresta come le sue tasche. Prese a seguire la traccia verso il basso, verso il senso indicato degli arbusti piegati, e già dentro di lui un terribile sentore gli bloccava il respiro.

Avrebbe voluto correre, ma la pendenza del terreno non glielo permetteva. Doveva suo malgrado scendere a rilento. Più percorreva quel sentiero informe, più sentiva l'ansia crescere dentro di lui. Anche se non lo avrebbe mai ammesso, fu grato per quel rallentamento: temeva cosa avrebbe trovato alla fine di quella scia.

"Ti prego" disse fra sé rivolgendosi a un Dio a cui per tanto aveva negato la parola. "Ti prego, fa' che stia bene. Ti prego…" la frase gli morì in gola.

Pochi passi davanti a sé, ai margini del cerchio di luce, la scia scompariva oltre un'ampia roccia che spuntava dal terreno come un dosso, in uno spiazzo dove la pendenza era minore. Per quanto non vi fosse più rischio di cadere, Giairo si mosse ancora più lentamente, mentre il gelo che lo stringeva allo stomaco si condensava in gocce di sudore sulla pelle. Sentì il sale sulle labbra e capì di stare piangendo.

C'era qualcosa che sporgeva oltre il dosso.

E più si avvicinava più la luce svelava ciò che i suoi occhi non volevano vedere.

Era un piede.

Giairo non vedeva ancora il resto, ma non ne ebbe bisogno.

Quello era il piede di Sara.

~

Nathanael stava facendo il percorso all'inverso più velocemente che poté. Aveva appena abbandonato la spiaggia e stava iniziando a risalire il sentiero tra gli alberi, quando un grido lo raggiunse forte dal cuore della foresta.

Lungo, graffiato, disumano.

Spaccò la foresta in due, come un tuono nel silenzio.

Nathanael si arrestò. "No..." mormorò sconvolto. "Non di nuovo..."

Prese a correre con quanto fiato aveva in corpo.

~

Giairo piangeva a terra, piegato, il corpo della donna stretto tra le braccia. Dondolava avanti e indietro, una mano attorno alla sua schiena, l'altra a tenerle la testa contro il suo viso.

L'aveva trovata così, nuda e sporca di terra. La sua pelle bianca aveva brillato sotto la luce della torcia: il viso nascosto dai capelli, le mani legate strette con un pezzo di stoffa strappato dalla veste.

A quella vista non aveva retto. Per un istante un velo nero era calato davanti ai suoi occhi e un conato di vomito gli era risalito forte, come se il dolore fosse troppo e dovesse essere espulso in qualche modo. Si era voltato, per non deturpare ancora di più il corpo di sua moglie.

Poi lentamente, quasi temesse di svegliarla, aveva posato la torcia sulla roccia che le faceva da riparo e si era chinato su di lei. Aveva sciolto il nodo che la teneva legata ai polsi e aveva coperto il corpo della donna con il proprio. E mentre la prendeva tra le braccia, mentre la sollevava abbandonata e senza vita, guardando sul collo i segni neri della sua morte, aveva sentito il respiro accelerare, insieme al suo cuore, trasformandosi in un ansito folle, mentre la rabbia si condensava attraverso le sue viscere, risalendo da ogni fibra del suo corpo, su per ogni capillare e ogni nervo, fino a formare un grumo di odio e dolore troppo grande per restare dentro di lui.

La sua bocca si era spalancata verso il cielo liberando un urlo disperato che aveva lacerato la notte, mentre le dita affondavano nella carne fredda di lei, con una violenza che quando era in vita non le avevano mai riservato. Quasi cercasse di trattenere la sua anima, quasi sperasse di farle male.

Perché si risvegliasse, perché gemesse.

Perché tornasse da lui.

Il grido si smorzò e l'uomo pianse senza lacrime, urlò senza più voce. Prese a baciarla, con la frenesia di chi nel deserto lecca la sabbia umida, con l'ansia di chi sa che non avrà altro tempo, di chi è consapevole che dopo sarà solo una lunga agonia, in attesa della fine. Baciò le sue mani, le sue palpebre chiuse, i suoi capelli. Immerse il viso sul suo collo, aspirandone l'odore, in cerca di un'ombra del suo profumo da gustare ancora, sepolto sotto la terra umida e le foglie marce. Poi, lentamente si arrese. Rimase curvo su di lei, la schiena scossa dai singhiozzi, il naso premuto contro la guancia della donna, mentre il suo respiro si placava. Le dita allentarono la presa sul suo corpo.

Sua moglie era morta.

Non c'era altro.

Con infinita cura, appoggiò la testa di Sara nell'incavo del braccio e iniziò a cullarla, volendole dare il conforto che non le era stato concesso nei suoi ultimi istanti. Rassicurandola per ciò che già non era più.

Sentì il sapore del sangue e capì che si era lacerato un labbro, mordendoselo, ma non poté impedire ai denti di continuare a stringere sulla propria carne. Guardò il ventre di Sara, violato, e tentò di intrecciare su di esso le dita della mano della donna con le proprie, come solo quella mattina, una vita fa, avevano fatto insieme. Non riuscì. La mano assente di lei sfuggiva alla sua stretta. Si arrese e l'appoggiò lì, tenendola ferma con la propria, aspettando quasi di sentire quella vita dentro di lei, sperando che l'amore per quel figlio potesse riaprire i suoi occhi. Non lo aveva mai sentito scalciare. Non sarebbe mai più successo.

Restò così, dondolandosi avanti e indietro.

Poi il suo pianto cambiò, e il dolore antico si mescolò a quello nuovo, in una miscela velenosa che lo andava uccidendo, mentre il male faceva riaffiorare nel suo cuore i ricordi mai dimenticati.

Sentì che tra le sue braccia non c'era più solo il corpo di Sara, ma anche quello di suo padre, spezzato, e insieme ad esso il fratello, ancora fradicio della tempesta, come aveva potuto solo immaginarlo. E sentì le grandi forme di sua madre, abbandonate sulle sue gambe, mentre lui, improvvisamente bambino, con difficoltà riusciva a sostenerne il peso; finché non vide anche il suo stesso corpo giacere fra le proprie braccia, senza vita.

Non se ne stupì.

Giairo guardò il suo stesso volto fissarlo vuoto, e si accorse di non provare il minimo turbamento.

Era così, anche lui era morto.

Tutto di lui era morto insieme a Sara.

~

Non si accorse della mano che lo strinse da dietro. Né dell'abbraccio che a lungo lo avvolse. Né del pianto che si univa al suo. Non avvertì nemmeno il calore di quel corpo che lo teneva stretto. Per molto tempo, Giairo non sentì nemmeno la voce di qualcuno che lo richiamava da un posto lontano, in una foresta dove aveva vissuto, tanto tempo prima. Fino a quando i suoi occhi non si risvegliarono dal buio e vide Nathanael, che lo stringeva piangendo.

Ma invece di averne sollievo, un impeto di rabbia gli scaturì dal cuore, contro quell'uomo, quel suo ultimo legame con la vita, che lui non voleva più. Cosa c'entrava lui con il suo dolore? Perché era lì? Sara era *sua* moglie, quello era il *suo* dolore e non voleva condividerlo con nessuno.

Lo respinse di lato con violenza e strinse il corpo di Sara con più forza a sé, facendole scudo con il proprio.

~

"Vattene!" urlò. "Cosa vuoi?" la voce gli uscì graffiata.

Nathanael lo guardava smarrito, gli occhi gonfi di pianto.

"Giairo...".

"Vattene!" urlò ancora lui, stringendo più forte il corpo della moglie. "Non la guardare! NON LA GUARDARE, TI HO DETTO!" scalciò mentre l'altro cercava di riavvicinarsi.

L'altro si fece indietro, ansimando, sopraffatto dal dolore. Il dolore per Sara, il dolore per Giairo. E adesso anche il dolore del rifiuto.

Ma non era il suo dolore che contava.

Giairo lo guardava di sottecchi, i denti stretti, come un cane spaventato e pronto a mordere, mentre cercava di celare le nudità della moglie.

Nathanael comprese la sua umiliazione. Essere lì aggiungeva disonore al disonore. Si guardò intorno, in cerca della veste di Sara. La trovò gettata di lato, qualche passo più in là. Mentre la raccoglieva sentì le lacrime riaffiorare: era lacerata da capo a capo.

Attese un istante, piegato, in attesa che lo spasmo passasse, poi, dopo aver preso un respiro profondo, si sollevò e cercò di avvicinarsi a Giairo che nel frattempo pareva essersi dimenticato di nuovo di lui e aveva ripreso a cullare il corpo di Sara.

Con discrezione gli si fece vicino e senza dire nulla cercò di stendere la veste come una coperta sopra il corpo nudo della donna. Attendendosi altre reazioni impulsive prese la mano dell'amico e con calma, ma forza, l'allontanò dalla schiena di lei, lasciando che il corpo si riversasse sulle sue gambe. Cerco di non guardarla, mentre la copriva con la tunica lacera. Poi lasciò che lui la stringesse ancora, facendosi da parte.

Stavolta l'uomo non reagì, non disse una parola, ma il suo pianto sembrò calmarsi appena, come rasserenato da quel gesto di pietà nei confronti della moglie.

Restarono così a lungo. L'uno cullando quel corpo senza vita; l'altro, in silenzio, spettatore impotente di quel male che lo coinvolgeva, ma per il quale non aveva diritto ad altra consolazione che non fosse assistervi. L'unica cosa che Nathanael poteva fare era stare lì, perché Giairo non fosse solo. Rimase seduto, distante, in un pianto muto e discreto, attendendo il momento in cui l'altro gli avrebbe permesso di avvicinarsi.

Attendendo il momento in cui avrebbe avuto di nuovo bisogno di lui.

Mentre la fiamma delle torce si andava affievolendo e la notte lentamente li inghiottiva, celandoli nell'oscurità.

4

I due giorni seguenti alla tragedia furono
costellati di momenti che non fecero altro che
ravvivare la rabbia e il dolore che Giairo portava
dentro di sé. Cominciando da quando dovette
comunicare alla famiglia di Sara ciò che era
accaduto. Nathanael si offrì di farlo al posto suo,
ma egli rifiutò. Quel compito spettava a lui.

Orpa ebbe una crisi che rischiò di farla morire.

Il suo cuore non sembrava in grado di reggere,
e quando si fu ripresa l'unica cosa che riuscì a
fare fu dare la colpa a lui: per aver portato la figlia
lontano dalla sua famiglia; per averla costretta a
vivere in un posto isolato e pieno di pericoli; per
essersi rifiutato di accompagnarla, quel giorno.

L'uomo non tentò nemmeno di ricordarle che
erano stati loro a decidere quel matrimonio prima
ancora che i due si innamorassero e che lui non
aveva costretto Sara a fare niente contro la sua
volontà.

La cosa non era rilevante. Sapeva già che Orpa
gli avrebbe attribuito ogni colpa. Era *lui* che aveva
ucciso Sara, con la sua noncuranza.

Non era l'unica a pensarla così. D'altra parte
anche lui non smetteva di accusare sé stesso per
ciò che era accaduto. Orpa aveva ragione: era colpa
sua. Meritava tutto il disprezzo possibile. In fondo
la donna gli faceva pena, anche se non tentò mai
un gesto di conforto verso di lei. Come avrebbe

potuto capire il dolore di una madre, quando a malapena riusciva a comprendere il proprio?

Lui l'aveva avuta per un'istante, lei dal primo respiro della sua vita.

A lungo, anche dopo la sepoltura, la famiglia di Sara cercò di scoprire chi fosse stato a fare quello scempio. Chi poteva aver incontrato Sara lungo il cammino, per poi inseguirla tra i boschi, violentarla e ucciderla.

Non lo scoprirono mai.

Il giorno del rito funebre, quando tutta Gadara era presente, Giairo non poté fare a meno di chiedersi se tra quei volti contriti non vi fosse anche quello dell'assassino, lì, a ridere di loro. Quel pensiero lo faceva urlare dentro.

Il rito fu il risultato di un miscuglio di tradizioni pagane ed ebraiche, come spesso avveniva nella regione delle Dieci Città di cui Gadara faceva parte. L'uomo non seguì un solo momento: i suoi occhi erano solo per Sara e il luogo in cui avrebbe riposato. Il corpo fu posto in un sepolcro che apparteneva alla famiglia di lei. Era stata vestita con una tunica di lino candida e una ghirlanda di gigli a coronarle il capo: sembrava una di quelle divinità femminili le cui immagini adornavano i giardini e le case dei signori Romani. Lavata e cosparsa dalle sorelle di unguenti profumati, giaceva immobile e solenne sulla pietra che avrebbe ospitato le sue spoglie per gli anni a venire, con un'espressione serena sul volto.

Sembrava così lontana dalla figura tramortita e

gettata tra i cespugli che aveva trovato solo pochi giorni prima. Ora pareva dormire, dimentica di ciò che aveva vissuto in quegli ultimi istanti, prima che i suoi occhi si chiudessero per sempre. I lunghi capelli ricci si diramavano dal suo capo come raggi di un sole al tramonto, stendendosi sulla pietra fredda e sul suo petto, a coprire il marchio che la morte le aveva lasciato sul collo.

Le fu steso un sudario sopra e la tomba fu chiusa.

Al fianco di Giairo, Nathanael osservava l'amico con apprensione, preoccupato per la freddezza del suo sguardo e dei suoi gesti: da quando erano ritornati dalla foresta, con il corpo di Sara tra le braccia, non aveva quasi mai aperto bocca. Non era più uscita una lacrima dai suoi occhi e non parlava se non per rispondere a monosillabi nel caso qualcuno lo interpellasse.

Nathanael non aveva dimenticato la follia del suo sguardo. Sapeva che a quel dolore non sarebbe bastata una vita per estinguersi, perciò temeva il modo in cui l'amico lo avesse messo a tacere, seppellendolo sotto quella maschera di indifferenza.

Mentre tornavano sulla strada polverosa, appena usciti dal cimitero, gli chiese se volesse venire a stare per un po' nella sua casa, almeno per dormire. Temeva i ricordi che potevano turbarlo, soprattutto durante la notte. Ma quello rifiutò. Allora si offrì di andare da lui per un po', finché ne avesse avuto bisogno.

"Ti ringrazio, ma non è necessario" rispose l'altro asciutto. Lo sguardo era un chiaro invito a non insistere.

Suo malgrado, Nathanael dovette lasciarlo andare.

Quella sera Giairo consumò il suo pasto in silenzio. Non aveva fame. Mangiò solo un poco di pane e un uovo cotto nella cenere calda.

Nella casa vuota ogni suo gesto risuonava come un tuono nel deserto.

Si tolse la veste e si stese, al buio, sul letto imbottito di paglia che ora gli sembrava così terribilmente grande per lui soltanto. Avvoltosi nella coperta, sentì l'odore di Sara ancora intrappolato tra i fili di lana. Quella coperta era stata intessuta perché suo fratello la ricevesse il giorno delle sue nozze. Non avendo avuto figlie femmine, la madre aveva voluto comunque che i figli avessero qualcosa da portare con sé una volta sposati. Tuttavia non era vissuta abbastanza per fare quella per Giairo. Dopo la morte del fratello, la coperta era passata a lui.

Avvolto in quelle maglie, l'uomo sentì tutto il male che aveva cercato di comprimere dentro di sé dalla foresta riaffiorare vivo e bruciante, carico anche dei lutti passati, intessuti in quella trama. Col viso nascosto nella lana cominciò a singhiozzare e continuò a piangere finché non scivolò esausto in un sonno profondo e tormentato.

Durante la notte i suoi sogni furono popolati da scene in cui Sara veniva uccisa, ogni volta in un modo peggiore. Giairo nel sogno era sempre uno spettatore impotente che non poteva far altro che stare a guardare. La vedeva fuggire da qualche animale feroce o precipitare in un burrone, o dimenarsi mentre veniva bruciata. Quando una visione di Sara moriva, un'altra prendeva il suo posto in un ciclo straziante e senza fine. E purtroppo, tra un incubo e l'altro, l'uomo non riusciva a svegliarsi, come se il desiderio di sapere cosa fosse successo alla moglie, e soprattutto chi l'avesse uccisa, fosse più forte del dolore di vederla morire.

A un certo punto però, mentre assisteva all'ennesimo scempio che la sua immaginazione era in grado di produrre, qualcosa nella dinamica del sogno cambiò: Sara era appesa per i polsi a un cedro, nuda. Un fuoco di fronte a lei illuminava il cerchio di alberi dove si trovava.

A un tratto spuntava fra i tronchi un uomo, avvolto in un mantello che gli nascondeva il volto. Alla sua vista la donna iniziava a gridare, agitandosi nel tentativo inutile di liberarsi.

L'uomo restava immobile, impassibile davanti a quelle grida, quasi sapesse di avere tutto il tempo che voleva. Quasi godesse della sua paura.

Dal bosco arrivava quindi un altro uomo, simile al primo, anche lui col volto coperto. Anche lui si fermava una volta entrato nel cerchio di luce, gustandosi il terrore che la sua apparizione aggiungeva nel cuore della donna.

Poco dopo, da più lontano, un altro li raggiungeva, simile a quelli che lo avevano preceduto. E dopo di lui ne appariva un altro.

Poi un altro.

E un altro.

E un altro ancora.

Presto da ogni angolo tra gli alberi iniziarono a spuntare uomini simili, facendo brulicare il buio di sagome scure. Più venivano alla luce del fuoco, più essa si affievoliva, contornata da nuove inquietanti ombre.

Poi tutti gli uomini lasciavano cadere i loro mantelli, mostrandosi completamente nudi. Il fuoco ne disegnava le figure perfette.

Anche se ora nulla li nascondeva, Giairo non poteva guardare i loro volti, come se una forza estranea gli impedisse di fissarli direttamente. Poi come obbedendo a un comando silenzioso, tutti iniziavano a muoversi verso Sara, le cui urla di terrore erano divenute strazianti.

Quando i primi erano a un passo da lei, la massa di corpi nudi si fermava.

E Giairo sentiva la paura stringerlo allo stomaco.

La donna aveva smesso di gridare.

Uno degli uomini rimasti sul fondo, lentamente voltava il capo. Finalmente poteva guardarlo in viso.

Aveva gli occhi bianchi, senza pupille.

Ma lo sconcerto di Giairo si faceva più forte,

nel momento in cui si rendeva conto che anche l'altro lo stava guardando.

Non nel sogno, non nell'immaginazione.

Quell'uomo guardava *lui*. La parte di sé che era cosciente di stare dormendo.

Capì che quella visione, qualsiasi cosa fosse, non era frutto della sua mente.

L'uomo inclinava la testa di lato, assumendo un'espressione divertita che rafforzò solo il terrore in grado di suscitare.

"*Io so quello che vuoi, Giairo*" disse. La sua voce era cupa e strisciante, e risuonava di una moltitudine di timbri differente, come se insieme a lui gli altri, di spalle, stessero mormorando le stesse parole.

Giairo non aveva bocca per rispondere.

"*Tu*" continuava l'uomo "*vuoi conoscere la verità*". Il suo volto si storceva in un sorriso orrendo e iniziava a ridere. "*La verità…*" ripeteva, come se trovasse quella parola ridicola.

Sara riprendeva a urlare, piangendo. A quel punto gli altri uomini si avventavano come una mandria su di lei, strappandola con violenza giù dall'albero. La donna spariva coperta dalla massa di corpi. L'unico che aveva parlato continuava a ridere senza smettere di fissare Giairo, contorcendosi, come non fosse capace di contenersi.

Giairo sentiva Sara gridare il suo nome, implorandolo di aiutarla.

Senza smettere di ridere, l'uomo che aveva parlato le fece il verso, continuando a fissarlo con i suoi occhi cavi. *"Aiutami, Giairo, aiutami... Sì. Giairo. Perché non l'aiuti?"*

Ma Giairo non poteva aiutarla. Mentre Sara continuava a gridare, sopraffatta, morendo di nuovo sotto i suoi occhi, l'uomo taceva, senza mani, senza bocca, incapace di protestare, incapace di soccorrerla.

Incapace di fare qualsiasi cosa.

~

Si svegliò di soprassalto, sollevandosi dal letto.

Aveva il respiro affannato ed era fradicio di sudore. Si guardò intorno, negli occhi ancora impresse le immagini di quell'incubo. La stanza era immersa in una luce azzurrognola che filtrava dalla finestra, segno che fuori la luna doveva essere sorta. La coperta giaceva gettata a terra di fianco al letto. Era notte fonda.

Giairo sbatté le palpebre più volte, stropicciandosi gli occhi. Erano umidi e bruciavano: doveva aver pianto anche durante il sonno. "Sara..." sussurrò. Nelle orecchie ancora il suono delle grida della donna. Era un sogno, lo sapeva, ma non riusciva a dimenticarlo.

Rimase qualche istante immobile, lo sguardo fisso nel vuoto.

Poi, seguendo un impulso irragionevole, si alzò di scatto, si rivestì e corse fuori, nella notte. Alle sue spalle la porta di casa, spinta troppo forte, sbatté e tornò indietro cigolando. Non si fermò a richiuderla, non si voltò neanche indietro.

Doveva andare da lei.

Si inoltrò tra gli alberi e attraversò la foresta, correndo. Ripercorse ogni passo che solo pochi giorni prima lo aveva condotto da Sara, dal suo corpo. Quando passò vicino al luogo in cui l'aveva trovata non poté fare a meno di alzare lo sguardo verso il pendio buio che saliva alla sua sinistra, là dove lei era morta. Rabbrividì. Poi scosse la testa e accelerò.

Sara aveva bisogno di lui.

Superò il bivio che conduceva alla casa di Nathanael e continuò a correre. Quando uscì dalla macchia, una falce di luna rischiarava il cammino.

Il cimitero era sulla strada per Gadara, poco distante dal villaggio, su un'ampia collina ricoperta di erba. Le pietre tombali che chiudevano i sepolcri spiccavano nella luce lunare come macchie bianche sul dorso di una bestia mite e addormentata.

Giairo non sapeva dire perché stesse correndo lì, né quale fosse il senso di quel suo gesto. Non era impazzito: sapeva che Sara era morta, non credeva certo di trovarla ad attenderlo davanti al suo sepolcro. Eppure doveva andare, doveva stare vicino a lei. Non poteva sopportare di non rispondere a quel richiamo d'aiuto, seppure immaginario. Non di nuovo.

Lei era lì, sola. E aveva bisogno di lui.

Corse risalendo la collina: gli ultimi passi verso la meta. E finalmente si trovò davanti il masso che chiudeva le spoglie della moglie nel cuore della terra. Senza neanche riprendere fiato si gettò su di esso e con uno sforzo disperato quanto inutile prese a spingerlo. Aveva il respiro affannato e le gambe gli pulsavano, ma non se ne curò.

Voleva aprire la tomba.

Voleva riabbracciare Sara.

Voleva morire con lei.

Il masso però era troppo grande. Aprendo le braccia non arrivava neanche a prenderlo da capo a capo. Determinato a non arrendersi, si mise di fianco e iniziò a prenderlo a spallate, con l'unico risultato di farsi male. Nessun uomo, per quanto forte, avrebbe potuto muovere quella pietra. Quella mattina erano stati in quattro a posizionarla lì.

A un tratto le sue gambe si fecero molli e le sue mani abbandonarono la presa strisciando sulla roccia bianca e fredda. Finì rannicchiato a terra, in lacrime.

Ancora una volta era sconfitto.

Prese a mormorare, implorante. "Sara… Sara…".

Poi il respiro si fece più concitato, mentre il cuore prese a pompare più in fretta. La diga che aveva contenuto l'ira fino a quel momento si ruppe e l'odio antico a contatto con quello nuovo esplose. Giairo batté con violenza una mano a terra e rovesciata la testa indietro gridò: "PERCHÉ, DIO? *DIMMELO!*" lacrime di rabbia gli scorrevano lungo il viso mentre guardava verso il cielo. "Dimmelo…" per un attimo i singhiozzi gli spezzarono la voce, ma la furia era più grande del dolore. Subito si riprese. *"Che cosa ti aveva fatto? Lei ti amava!* E cosa ti ho fatto *io,* per togliermi tutta la mia famiglia?" le parole graffiate rimbalzavano sulle rocce bianche disperdendosi nella notte. "Eri geloso? Eri forse geloso perché mi amavano?" si alzò in piedi appoggiandosi alla pietra. "Rispondimi! RISPONDIMI, HO DETTO!"

Una brezza leggera si era levata creando delle onde sul manto verde della collina. La bellezza di quel paesaggio, con le acque nere del lago in lontananza, gli sembrò un'ulteriore conferma dell'indifferenza di un qualsiasi Dio al suo dolore. Quasi egli avesse dovuto bruciare con l'arsura ogni filo d'erba in segno di rispetto.

Ancora più furioso riprese a infierire contro il cielo.

"Temevi che amassero più me che te? È così? È per questo? COSÌ TANTO MI ODI?" urlava con ferocia sperando che le sue parole arrivassero fin sopra le nubi, dove Dio poteva ascoltarle. Poi puntò un pugno chiuso in alto, mentre il vento gli sferzava il viso, ora più forte, come se l'astio che emanava da lui fosse così potente da agitare l'aria.

"Be' *Dio"* disse "allora sappi, che *se tu mi odi"* prese fiato, mentre sentiva il cuore pulsargli nelle orecchie e le lacrime bruciargli sul viso "IO TI ODIO DI PIÙ!"

D'improvviso il vento cessò.

Fu come se ogni cosa fosse stata fissata in un istante senza tempo. Ogni rumore si era quietato, ogni stelo verde attorno a lui aveva smesso di ondeggiare; persino gli odori della terra parevano scomparsi. Tutto sembrava dipinto, senza vita. Giairo si guardò attorno, stranito, il pugno ancora chiuso contro il cielo. Lo abbassò lentamente e sentì dentro di sé crescere una silenziosa inquietudine. Una sensazione simile a quella che aveva provato quando aveva guardato per l'ultima volta Sara, mentre s'incamminava lungo il sentiero per Gadara. Qualcosa di profondo, indefinito ma non per questo meno reale. Cominciò a sentire freddo.

Poi la sentì.

Sì...

Unico suono in quel vuoto ovattato, raggiunse le sue orecchie.

O forse raggiunse il suo cuore.

Sì.

Una parola, prima solo un sussurro. Veniva da ogni direzione e da nessuna. Era un suono ed era un pensiero.

Sì.

L'uomo si guardò intorno, intimorito. Chi stava parlando? Cosa stava succedendo?

Sì.

Ora il suono sembrava più vicino, ma ancora non riusciva a stabilirne la provenienza.

Poi, in un modo che travalicava il limite della coscienza, seppe di non essere più solo sulla collina.

"Chi c'è?" gridò. La sua voce non rimandava echi. Ogni fibra del suo corpo era tesa.

"Sì".

Giairo trasalì, voltandosi di scatto.

Dietro di lui un uomo stava in piedi, in mezzo all'erba.

Indossava una tunica nera lunga fino a terra e un mantello dello stesso colore avvolto fin sopra la testa. Metà del suo viso era in ombra, l'altra metà, di un candore marmoreo, mostrava lineamenti duri e bellissimi. L'occhio in luce era azzurro come acqua di montagna, e altrettanto freddo. Di una bellezza perfetta, senz'anima. Mani grandi, dalle dita lunghe e bianche, spuntavano dal nero della veste. Nella parte in ombra del volto solo il bagliore dell'altro occhio era distinguibile.

"Chi sei?" chiese, infastidito da quella presenza.

L'uomo rimase in silenzio.

"Ti ho chiesto chi sei" ripeté.

Le labbra dello straniero si stesero in un'espressione indefinita, simile a un sorriso.

Quindi rispose.

"È importante, Giairo?"

L'altro ebbe un sussulto. "Come sai il mio nome?" chiese, stringendo i pugni.

L'uomo lo notò.

"Non devi avere paura di me. Io ti conosco da molto tempo" parlava lentamente, in modo pacato, con un che di canzonatorio nel tono.

La cosa lo fece irritare ancora di più.

"Io non ho paura di nessuno! Dimmi chi sei".

"Chi sono io, non è importante" la voce dello straniero era profonda, avvolgente, ma senza calore. "O meglio, non è importante, quanto lo è la risposta".

"Quale risposta?"

Lo straniero sorrise. "*Sì*" ripeté.

"Sì, cosa?"

"Sì, è la risposta alla domanda che stai per farmi".

Giairo lo guardò con sospetto. "Io non ti conosco, e non ho niente da chiederti".

L'altro lo fissò imperturbabile "Ti sbagli" rispose dopo un istante. "Tu *sai* chi sono" nella sua voce c'era una perentorietà inquietante. Senza capire come, Giairo si rese conto che era vero. Quel viso che vedeva per la prima volta gli risultava più familiare di quanto fosse disposto a riconoscere. L'altro riprese: "Da tanto ci conosciamo, ma solo oggi, per la prima volta, mi hai invitato a venire da te. E che lo ammetta o no tu hai qualcosa da chiedermi".

Giairo lo fissava in silenzio, incapace di capire.

"Ti darò un indizio" l'uomo portò una mano alla bocca simulando un'aria pensierosa. "Dunque... *'Dio, se tu mi odi, io ti odio di più'*... sì, mi sembra fossero queste le parole".

L'altro cominciava ad essere stufo. "Ascolta, non mi interessa da quanto sei qui e quanto hai sentito di quello che ho detto. Il mio dolore non ti riguarda, perciò" alzò una mano contro di lui "vedi di andartene".

Al vedere quel gesto lo straniero si rabbuiò. Il taglio obliquo simile a un sorriso scomparve e la sua espressione si fece più dura. D'improvviso l'aria sembrò diventare più fredda e la luce della luna meno forte.

Per la prima volta Giairo ebbe paura.

"Se è questo che desideri..." disse l'uomo, gelido. "È nelle tue facoltà rifiutare il mio aiuto" alzò il sopracciglio in luce.

Pur intuendo che lasciarlo andare fosse la cosa migliore da fare, e nonostante un moto di sollievo lo avesse colto a quel pensiero, Giairo si sentiva in parte attratto da quella presenza. Comprese di volere che restasse ancora.

Solo il tempo di capire le sue intenzioni. Solo per ascoltare cosa volesse.

Come se gli avesse letto nel pensiero, l'uomo riprese. "Come immaginavo. È così: tu mi hai chiamato perché volevi qualcosa. E io ti darò quello che desideri".

Giairo era agitato. "Per l'ultima volta," disse

"chi sei?"

Lo straniero sorrise di nuovo, stavolta in modo sfacciato. "La domanda giusta non è chi sono, ma se posso o no darti quello che vuoi" fece una pausa per far sì che quella frase si insinuasse a fondo nell'altro, con tutto il suo potere di seduzione. "E tu sai cosa vuoi, Giairo, come lo so io. Perciò chiedi quello che davvero desideri. Io non ti mentirò".

Giairo rimase in silenzio, immobile, il corpo proteso impercettibilmente in avanti.

Possibile che… Davvero lui…

Non riuscì a resistere oltre.

"Tu…" esitò.

"Vai avanti".

"Tu… puoi dirmi chi è stato? Chi ha fatto questo alla mia Sara?"

Sul viso dell'uomo il sorriso si allargò, mostrando i denti, candidi nella luce lunare. Il segno della propria vittoria.

"Sì" rispose. "Io posso".

A quelle parole Giairo sentì il respiro affannarsi, la testa prese a girare, mentre forti ondate di calore lo attraversavano da capo a piedi.

Lo straniero si avvicinò. "Io posso dirti chi ha ucciso tua moglie" attese lasciando che le parole lo penetrassero a fondo. "Chi l'ha sorpresa sul sentiero" avanzò ancora. "Chi l'ha inseguita, l'ha violentata e…" si ritrovarono faccia a faccia "l'ha *uccisa*".

Giairo aveva il cuore che martellava, sentiva la testa scoppiargli, mentre l'aria veniva meno.

Desiderio di sapere, dolore, repulsione, voglia di vendetta, rabbia, vorticavano nella sua mente privandolo della capacità di ragionare.

Come sapeva, come *poteva* sapere quell'uomo?

Aveva visto? Perché non l'aveva impedito?

Forse mentiva.

Oppure no.

Forse era stato *lui!*

"Tu fremi per saperlo" lo straniero socchiuse gli occhi, come se cercasse di leggergli nella mente, nella voce una nota di compiacimento. "Tu vuoi sapere perché. Bene, Giairo, se fai come ti dico, saprai ogni cosa".

A quelle parole la furia di Giairo si scatenò. Non gli importava più sapere perché. Aveva troppo bisogno di qualcuno da incolpare, di qualcuno che soddisfacesse la sua sete di vendetta, che subisse la sua rabbia. Dio era troppo lontano, ma quell'uomo era a un palmo di naso. Quale che fosse il motivo per cui sapeva la verità, per averla uccisa lui stesso o per avere permesso che la uccidessero, in ogni caso meritava di morire.

Senza pensare tirò indietro il braccio per picchiarlo. Nulla lo trattenne. Sferrò il colpo.

L'uomo con un gesto fulmineo afferrò il suo pugno, bloccandolo con una mano.

L'altro sgranò gli occhi, sconcertato. Lo straniero aveva il volto impassibile, come se quello che stava accadendo non lo riguardasse, come se la sua mano non facesse parte del suo corpo. Eppure la sua forza era granitica. Giairo continuava a spingere inutilmente il pugno, dando fondo a tutte le sue forze, finché non si ritrovò in ginocchio. Seppur sciocato e sfinito, la sua rabbia non era diminuita.

"Sei stato tu?" chiese a denti stretti.

Lo straniero lo fissava dall'alto vagamente infastidito, come un adulto che ha appena sentito l'ennesima domanda sciocca di un bambino.

"No, Giairo, non sono stato io".

Giairo si arrese e l'altro lo lasciò andare, con uno strattone.

Mentre si riprendeva a terra, appoggiato sulle mani, la testa bassa e il respiro affannato, lo straniero si chinò su di lui. "Sprechi le tue forze, amico mio" disse. "Non ti conviene batterti con me. Non potresti mai vincermi da solo. E poi non c'è ragione per cui tu mi combatta" la sua voce si ridusse a un sussurro. "Io ti sono amico. Sono qui per te" si raddrizzò.

L'altro, a terra, sentiva una frustrazione pari solo al suo dolore. Sara era morta, Dio lo aveva abbandonato e ora non gli era nemmeno concesso di sfogarsi contro quell'uomo molesto che senza ragione veniva a turbarlo con le sue promesse folli.

"*Che cosa vuoi?*" urlò rabbioso, rivolto al suolo. "Lasciami in pace, straniero! Se non sei stato tu a uccidere la mia Sara, come pretendi di darmi risposte? Mi stai solo facendo perdere tempo! Solo Dio sa perché Sara sia morta, ma lui mi ha abbandonato molto tempo fa! Ammesso che un Dio esista" non poté trattenere un sorriso amaro, mentre alzava la testa e lo guardava. "O magari tu sei un suo messaggero?"

A quelle parole lo straniero sgranò l'occhio in luce e scoppiò a ridere. Una risata vuota, senza gioia; strideva come un chiodo sulla pietra liscia. Suo malgrado, l'altro rabbrividì.

Poi, come aveva iniziato, smise all'istante, mutando la sua espressione nel più completo disgusto.

"No, Giairo, non sono un *messaggero di Dio*" disse. "Come tu hai ben detto poco fa, Dio ti ha abbandonato da tempo. Egli non si è mai interessato a te. Se non è stato lui a privarti della tua famiglia, ha comunque permesso che morissero tutti, uno dopo l'altro, e non è questa una chiara manifestazione del suo disinteresse? Un po' incoerente per un Dio che dice di amare il suo popolo, sono sicuro che sei d'accordo. Certo, è vero che tu non sei un giudeo…" sorrise, compiaciuto di quella cattiveria.

Giairo era sempre più sconcertato. Lo guardava dal basso, reggendosi ancora sulle braccia, carponi, in attesa di riprendere fiato.

"Come fai a sapere tutte queste cose di me?" chiese.

L'altro lo fissò. "Come ti ho detto, noi due ci conosciamo da tanto tempo".

Si guardarono ancora e all'uomo parve di nuovo di riconoscere quel volto.

Non può essere…

"Io ero presente quando morì tua madre" disse lo straniero. "Ed ero con te quando trovasti il corpo di tuo padre adagiato sugli scogli. E ti ho seguito nel bosco sulle tracce di Sara. In realtà, sono anni che ti seguo, attendendo il giorno in cui mi avresti chiamato, in cui saresti stato pronto a conoscermi".

Giairo deglutì.

Doveva essere impazzito. Se quello che il suo cuore gli suggeriva era vero, quell'incontro andava oltre ciò che la sua mente era pronta a sostenere. La stanchezza mista alla rabbia e al dolore lo stavano facendo sragionare. Sentì tutta la pesantezza del suo corpo ricadergli addosso. Scosse la testa. "*Basta!*" gli intimò tentando di apparire fermo. "Se hai qualcosa da dirmi, dimmela o va' via!"

L'uomo ammantato di nero si abbassò di nuovo, piegandosi sulle ginocchia, sul suo viso ancora quel mezzo ghigno di compiacimento. Ignorando la sua richiesta sussurrò: "Mi piace il tuo fervore, Giairo. Mi è sempre piaciuto questo di te. La tua impulsività, il tuo disprezzo per le regole, ma soprattutto il modo in cui hai covato la tua ira, per tutti questi anni, pronto ad usarla quando fosse stata matura. Sai, questo è nutrimento per me…".

"DIMMI CHI È STATO!"

Giairo gli urlò in faccia, il volto sconvolto. Mentre fissava l'uomo, gli occhi gli si riempirono di lacrime. L'astio, il dolore, la debolezza… non aveva più difese. Distolse lo sguardo e iniziò a singhiozzare, incapace di trattenersi. Le braccia cedettero e si accasciò col viso a terra. Rannicchiato ai piedi dell'uomo biascicò ancora. "Dimmi chi è stato, ti prego…"

Lo straniero sorrise compiaciuto e lo accarezzò sulla testa, lentamente.

A quel tocco Giairo iniziò a tremare, mentre un terrore profondo discendeva nel suo cuore: era come se tutta la disperazione del mondo si fosse riversata in lui attraverso quelle dita, come se non ci fosse più un solo motivo di speranza al mondo. Non si era mai sentito così vuoto e solo. Le lacrime gli rigavano le guance una dopo l'altra, bagnando il suolo sul quale giaceva.

Le dita dell'uomo discesero lungo la linea del suo viso e poi inaspettatamente si strinsero con violenza attorno al suo mento, costringendolo a guardarlo. Anche da così vicino l'occhio nell'ombra era solo un bagliore.

"Io farò di più per te, non mi limiterò solo a dirti chi è stato: te lo mostrerò. Perché tu veda e trovi risposta a quella domanda a cui Dio si è mostrato sordo: *perché?* Ricordatelo questo, Giairo, io farò per te più di quanto abbia mai fatto Lui in tutta la tua vita: sazierò la tua sete di sapere. Perché tu possa farti giustizia".

Giustizia.

Quella parola turbò l'uomo e al tempo stesso lo rinvigorì.

Fino a quel momento non aveva pensato a cosa avrebbe fatto se avesse scoperto chi aveva ucciso Sara, ma ora quello straniero stava aprendo nuovi scenari di fronte a lui.

Sì, era vero. Sara doveva avere giustizia.

Una parola che in bocca all'uomo vestito di nero aveva il sapore del sangue, somigliando all'eco di un'altra: *vendetta*.

Sara doveva essere vendicata. Il suo carnefice doveva morire.

Quel nuovo pensiero iniziò a crescere dentro di lui come un balsamo velenoso che, mentre lenisce il dolore, silenziosamente uccide.

Adesso aveva di nuovo una ragione per sopravvivere.

Guardò l'uomo che lo scrutava stringendogli il viso. Fissò il suo occhio di ghiaccio e decise che non gli importava più chi egli fosse. Avrebbe accettato le sue condizioni. Tutto, pur di vendicare Sara e quel figlio che ella portava in grembo e che lui non avrebbe mai chiamato per nome.

"Allora" gli chiese. "Lo vuoi, Giairo? Vuoi giustizia?"

Giairo chiuse gli occhi. Prese un grosso respiro, come chi sta per saltare da un dirupo.

Quando li riaprì nel suo sguardo c'era una nuova risolutezza. Era vero: Dio lo aveva ignorato per tutta la sua vita. Era giunto il momento di riprendersi la parte che gli spettava.

"Sì, lo voglio" disse, abbassando la testa. "Grazie, *mio signore*".

Le parole di un servo.

"Bene, allora. Ti darò quello che vuoi" e prima che l'altro potesse reagire lo straniero lo afferrò con forza per le braccia e lo costrinse ad alzarsi. "Tu in cambio, però, farai qualcosa per me. Vero, Giairo, che lo farai?"

Sentiva la stretta forte sulle braccia e una nuova bramosia nella sua voce che lo spaventava. Il momento che fin dall'inizio aveva temuto, era ora arrivato. Avrebbe dovuto dimostrare fin dove era capace di arrivare per amore di Sara. Dentro di sé solo la rassegnazione di chi non ha niente da perdere.

Per la seconda volta abbassò il capo. "Cosa desideri, mio signore?"

L'altro senza allentare la stretta, riprese, concitato:

"Devi giurarmi fedeltà. Darmi tutto te stesso. Sei capace di fare questo per me?" fece una pausa. "O vuoi tirarti indietro?"

A quelle parole un moto di orgoglio colse l'altro. Alzò il capo e lo fissò. Nessuno avrebbe messo in dubbio la sua parola. "Farò tutto ciò che vuoi".

"Dillo allora".

"Io ti giuro la mia fedeltà".

L'occhio in ombra baluginò, mentre un sorriso orrendo deformava il volto dello straniero.

L'uomo in nero aveva vinto.

~

Ogni suono, rumore, odore sospeso li investì di botto come un'onda di risacca, riempiendo il vuoto innaturale nel quale erano rimasti fino a quel momento. Giairo barcollò, mentre un vento forte prese a soffiare su di loro. Lo straniero aveva mollato la presa sulle sue braccia. Zaffate d'aria li frustavano come durante un temporale, ma non c'erano nuvole in cielo. Giairo dovette gridare per sovrastarne il rumore. "Che succede?" Piegandosi per resistere alla forza del vento che lo spingeva a terra, indietreggiò, intimorito, gli occhi semichiusi, mentre l'uomo vestito di nero non dava segni di cedimento alcuno.

Se non fosse stato per la veste, agitata da potenti sferzate, si sarebbe detto che il vento non battesse su di lui.

Alzò le braccia verso il cielo, il mantello scivolò dal suo capo e finalmente Giairo vide la sua vera natura.

Era deforme. La bocca, stesa in un sorriso, non aveva labbra nella parte che era rimasta nascosta fino a quel momento, ma due file di denti aguzzi, in parte umani e in parte di bestia spuntavano direttamente dalla carne del viso, in quel punto lacerata. L'occhio che era nell'ombra riluceva bianco e senza pupilla, avvolto da squame lucide che emergevano da sotto la pelle bianca per poi ridiscendere giù lungo il collo.

Giairo trasalì inorridito, riconoscendo in quell'occhio l'uomo del suo sogno.

"Cosa succede, chiedi?" ora la voce dell'uomo era deformata da infiniti timbri diversi che parlavano all'unisono: alcuni striduli, altri cupi; alcuni sussurrati, altri urlanti, mentre versi animaleschi si diffondevano nell'aria insieme alle sue parole,

e il vento batteva la collina sempre più violento. *"Vedi Giairo, stai per sapere cosa è successo a Sara: ciò che ti avevo promesso. Ma prima, lascia che risponda alla tua prima domanda. Lascia che ti mostri chi sono. O meglio…"* un lampo di puro odio accese i suoi occhi *"CHI SIAMO!"*.

A quelle parole il suo mantello si espanse come una nebbia nera, invadendo tutto lo spazio attorno a loro. I versi si fecero più forti, mentre le volute di fumo si addensavano in forme solide e mostruose. Artigli, squame, ali e zoccoli, gobbe e bubboni e ogni sorta di orrore concepibile da una qualche entità malata ricoprì la collina. Per ogni creatura mostruosa altre dieci si generavano da lei, dilatandosi dal suo corpo come feti deformi che ne laceravano la pelle, in attesa di venire lacerati anch'essi. In pochi istanti ogni filo d'erba fu coperto di sangue. Un tanfo di decomposizione invase l'aria, mentre tutto il cimitero prese a brulicare di figure bestiali. I loro occhi bianchi brillavano nella notte.

Giairo era circondato, in preda all'orrore.

Cosa aveva fatto?

Cadde in ginocchio cedendo alla spinta del vento, schiacciato dalla disperazione. Aveva schifo e paura di sé stesso, vedendo ciò a cui si era piegato per la propria sete di vendetta. In fondo non era dissimile da quei mostri.

"ORA CI VEDI GIAIRO" le parole arrivavano tuonando da tutte le direzioni, ma solo la bocca del primo spirito si muoveva. "COME VEDI, SIAMO IN

MOLTI: UNA LEGIONE DI DEMONI AL TUO SERVIZIO" a quella frase migliaia di risa crudeli e selvagge scossero la massa di corpi attorno a lui, tra suoni animaleschi, grugniti e stridii di piacere. Anche lo spirito dalle sembianze semiumane rideva. Poi, guardandolo dritto negli occhi come un re guarda il suo servo, riprese a parlare. "E COSÌ CI CHIAMERAI: LEGIONE, PERCHÉ SIAMO IN MOLTI!"

Giairo chiuse gli occhi istintivamente, sperando che quello bastasse a fare sparire lo spettacolo orrendo che aveva di fronte.

"COSA C'È, GIAIRO? HAI PAURA?" le voci suonavano divertite. "BE', ORA È TARDI. APRI GLI OCCHI! HAI VOLUTO SAPERE E ORA SAPRAI".

Giairo, tremante, ubbidì.

"AMMIRA LA POTENZA DI LEGIONE!"

L'orda di demoni si dissolse in spire di fumo lasciando visibili solo gli occhi, brillanti e vuoti a fissarlo come stelle marce. L'immensa muraglia di tenebra si alzò formando un velo nero che coprì il cielo e la luna facendo precipitare il mondo nell'oscurità più totale. Giairo, si rannicchiò di più, terrorizzato. Tremava per il freddo. Poi all'improvviso, l'oscurità lo aggredì, sbattendolo su un fianco. Sentì una forza gelida e dirompente penetrare attraverso la sua pelle e diffondersi istantaneamente in ogni parte del suo corpo. Il dolore era insopportabile, come se un fiume in piena riversasse le sue acque in lui e la sua carne per qualche resistenza innaturale non cedesse sotto quella immensa pressione, pur avvertendola in tutta la sua forza. Si sentì scoppiare, ogni muscolo gridava per strapparsi. Era il dolore che fa desiderare la morte, che conduce alla perdita di coscienza, che nessun corpo potrebbe sopportare.

La morte però non sarebbe arrivata. Né Giairo sarebbe svenuto.

Doveva avvertirne tutto il peso, fino in fondo. Sentì la pressione comprimergli i polmoni e incrinargli le ossa, crepargli il cranio e fargli scoppiare le vene, senza che questo lo conducesse mai alla fine.

E mentre le sue membra si contorcevano tormentate, e la sua bocca gridava per il dolore, i suoi occhi si aprirono e Giairo vide ciò che aveva voluto conoscere.

Ciò per cui aveva venduto la propria anima.

~

Mentre il suo corpo soffriva, una parte di sé si staccò da quel tempo e da quel luogo. Il suo sguardo, richiamato da un segnale oscuro, si protese verso le colline e oltre, lontano. In un battito di ciglia abbandonò il cimitero e attraversò veloce le deboli alture, dimenticando il mare alle proprie spalle. Alberi, strade, corsi d'acqua, case, persone, greggi, bestie pascolanti, cieli azzurri e poi bui, cieli limpidi e subito nuvolosi; un tramonto e poi un'alba, e poi ancora, per tre volte attraversarono il cielo: tre lune e tre soli scorsero davanti ai suoi occhi veloci come il vento. Poi, all'improvviso, il flusso si fermò, e Giairo si ritrovò a guardare ampie distese di pascoli erbosi, in un giorno dorato.

Vide il verde dei campi. Vide le pecore che pigramente si muovevano, brucando l'erba.

Vide due uomini, i pastori.

Ma Giairo vedeva di più.

Era come se tutta la consapevolezza del mondo lo avesse invaso e per un giorno potesse conoscere ogni cosa. Poteva sentire i pensieri del loro cuore, chiari come parole pronunciate. Di più: era come se li conoscesse già da prima, come se li avesse sempre saputi.

I due uomini erano stanchi e annoiati, la vita sui pascoli non li soddisfaceva più. La loro comunità era piccola e vuota, le loro famiglie senza valore per loro, non avevano più piacere dallo stare con le proprie donne. Essi erano tristi e pigri e vivevano senza scopo. Il tedio e le lunghe giornate ripetitive avevano reso torbide le loro anime e tiepide le loro coscienze. La mancanza di prospettive e di significato e il lungo tempo trascorso nel malcontento avevano volto le loro menti a ricercare modi malsani per procurarsi piacere.

Giairo poteva sentire la malizia del loro cuore: quello che un uomo normale avrebbe solo potuto immaginare, per lui era visibile come il colore del mare sotto il sole di mezzogiorno. Conosceva la perversione dei loro pensieri, il modo in cui avevano preso a trascorrere le loro giornate al pascolo, soli. Sapeva come giocavano, facendo spaventare una delle loro pecore di tanto in tanto, perché scappasse e loro la potessero inseguire, in un gioco morboso e senza scopo.

Le davano la caccia, rincorrendola, lanciandole pietre, fino a stringerla d'assedio in un anfratto tra le rocce, da cui non le era più possibile scappare e lì la uccidevano, ma prima si divertivano a torturarla, mutilandola, ancora in vita. E poi, ridendo, si tiravano a vicenda le carni insanguinate, per avere una scusa che permettesse loro di togliersi le vesti sporche e lavarle nell'acqua di un ruscello, perché nessuno sapesse ciò che avevano fatto, e loro, nudi, potessero continuare il loro gioco in altro modo.

Seppe ogni cosa che celavano nelle loro menti empie e perverse, e vide che, col passare del tempo, niente fu più abbastanza per loro. I due uomini non potevano più uccidere altre pecore, senza motivazioni sufficienti a spiegarne le sparizioni, e i loro malsani passatempi non li appagavano più. Erano assetati di altro: nuove trasgressioni, nuovi piaceri da assaporare, nuove prede a cui dare la caccia.

E Giairo vide ciò che loro non potevano vedere.

C'era come una nube oscura e informe che aleggiava intorno ai due uomini: prima era solo una nebbia confusa, ma presto si era addensata rivelando la sua vera natura. Una natura che a Giairo era già nota.

Era Legione.

I mille demoni li circondavano, avvinghiati alle loro anime, viscidi e striscianti, come serpenti. Sussurravano alle loro orecchie nuovi desideri malvagi e i modi per soddisfarli. Come un groviglio informe di vermi neri si contorcevano incessanti, gli uni sugli altri, tutt'attorno ai loro corpi, e guidavano le loro menti desiderose di male.

Lo sconcerto di fronte a quella visione si trasformò in Giairo in profonda tristezza, rendendosi conto che ciò che gli procurava tanto disgusto ora abitava dentro di lui.

Gli occhi dei pastori non vedevano i demoni, ma Giairo sapeva che i due uomini, in qualche modo, percepivano la loro presenza, e li ospitavano nei loro cuori con bramosia. Giairo vide come i demoni guidarono il loro senso di insoddisfazione verso un nuovo gioco, una nuova preda.

Uno dei due uomini diede voce ai suggerimenti di Legione. "Rinchiudiamo le pecore nei recinti" disse "e allontaniamoci per un giorno dalla regione, verso una terra che non è la nostra, dove non ci conoscono. Là potremo divertirci con qualche donna e tornare a casa indisturbati senza che nessuno possa mai sapere ciò che abbiamo fatto!" L'altro accolse subito l'idea, mentre i demoni ridevano spietati, compiaciuti della loro malvagità.

Giairo non riuscì a capire se stessero passando ore o pochi istanti, ma vide tutto. Il suo sguardo li seguì. Era con loro mentre chiudevano le pecore nei recinti, mentre si mettevano in cammino e attraversavano le colline e le distese che li separavano dal Mare di Galilea.

Li vide arrivare nella regione delle Dieci Città;

fino alla foresta dove viveva lui stesso. Li vide inoltrarsi lungo il sentiero e scorgere Sara che camminava verso Gadara.

Vederla camminare, di nuovo in vita, provocò in Giairo una gioia istintiva, che acquistò subito il sapore del dolore, non appena ebbe ricordato che, ciò che i suoi occhi vedevano, già non era più.

Con la stessa sofferenza guardò i due uomini, impotente, mentre si appostavano tra gli alberi e la seguivano, uno alla destra del sentiero e uno alla sua sinistra. Sentì Sara percepire la loro presenza: ella avvertiva il male che accompagnava i due invadere l'aria e perciò si mise a camminare più in fretta.

E Giairo sentì l'odio di Legione per lei, per la sua anima. Era come un olio nero che colava denso sulla foresta, ricoprendo ogni albero, sasso, foglia o animale, e avvelenando tutto col suo presagio di morte. Sentì quell'odio propagarsi dagli spiriti maligni ai cuori degli uomini, rinvigorendo il loro desiderio di dominio.

Giairo li vide, mentre la seguivano, divertiti, godendo della paura che vedevano ora sul volto della donna. Vide Sara correre spaventata. Scorse l'espressione di sollievo sul suo volto quando raggiunse il limitare della foresta; la vide tramutarsi in terrore quando uno dei due uomini le comparve dinnanzi, chiudendole la strada.

Era con lei mentre la inseguivano, sentì le sue speranze rivolte verso di lui: il suo desiderio di salvarsi, che la spingeva oltre il bisogno di prendere fiato.

Era con lei quando trasalì, di fronte all'altro pastore, consapevole di non avere scampo. Salì con apprensione insieme a lei lungo il pendio e tentò di tenerla quando la vide cadere giù, ma non poteva fare niente.

Non aveva mani in quel tempo. Tutto era già successo.

Era con lei, infine, mentre giaceva a terra, incapace di muoversi, terrorizzata, e sentì l'angoscia di lei unirsi alla sua, mentre i due pastori, lentamente, come belve sadiche, la circondavano e, legatala mani e piedi, abusavano di lei. Giairo sentì la paura della donna e si disperò, scoprendo che il suo ultimo pensiero fu per lui, perché quel dolore non lo devastasse.

Non era stato così, nessuno aveva risposto alla sua preghiera. Questo gli fece ancora più male. L'aveva delusa, infine. Aveva permesso che accadesse proprio quello che lei non avrebbe mai voluto. Era terribile. Era straziante. Più del dolore che schiacciava quella parte di sé rimasta nel suo corpo, sulla collina del cimitero. Giairo sentiva i suoi gemiti, la vedeva contorcersi dinnanzi ai suoi occhi, sotto quelle mani sudice, come in quel sogno che mille anni prima lo aveva condotto al cimitero, incontro alla sua condanna. Ma stavolta era tutto vero.

Avrebbe voluto chiudere gli occhi, avrebbe voluto non vedere più: non poteva, non ce la faceva a guardare. Ma nemmeno quello gli fu permesso.

Non aveva palpebre da chiudere, né mani da portarsi al volto, né occhi che si inumidissero, né bocca per urlare. Era solo un pensiero nel tempo, solo uno sguardo impotente.

Aveva chiesto di sapere, e ora doveva sapere. Tutto, fino alla fine.

Le risa dei demoni che, compiaciuti, si nutrivano di quel male, lo tormentavano.

Alla fine Legione lo aveva ingannato: era stato lui.

Aveva fatto in modo che tutto quello potesse avvenire. Ora lo sapeva, e il suo odio era pari solo alla sua impotenza.

"NON SIAMO STATI NOI" la voce di Legione rimbombò come un pensiero nella visione di Giairo. *"NOI NON AVREMMO MAI POTUTO SENZA I DUE PASTORI. SONO LORO AD AVER FATTO CIÒ CHE NOI ABBIAMO SOLO ISPIRATO. PERCIÒ, IN VERITÀ NON SIAMO STATI NOI, MA CE NE COMPIACCIAMO COMUNQUE MOLTO... COME VEDI, ABBIAMO MANTENUTO LA NOSTRA PROMESSA: ADESSO CONOSCI LA VERITÀ, ADESSO SAI PERCHÉ. DI' UN PO', GIAIRO, È COSÌ CONSOLANTE COME TE L'ERI IMMAGINATO?"* la voce rideva sprezzante. *"QUEI PASTORI SONO LONTANI ORA. VERRANNO PUNITI PRESTO PER ALTRI DELITTI E TI DICO CHE NON PASSERÀ MOLTO TEMPO PERCHÉ FINISCANO SOTTO UNA MONTAGNA DI PIETRE. MA NON PER MANO TUA. TU NON LI VEDRAI MAI PIÙ"* era evidente il gusto che provava nel dire quelle parole. *"E ORA A NOI CIÒ CHE CI SPETTA".*

In un attimo lo sguardo di Giairo fu rapito da

quella visione e da quel tempo e trascinato fin sulla collina del cimitero, di nuovo nel suo corpo, a pieno contatto con il suo dolore.

Poi il male travolse ogni cosa.

5

Quella notte Nathanael non andò a pescare. Giairo non avrebbe potuto e anche su di lui la pesantezza degli ultimi giorni era piombata come un macigno, dopo il funerale. Aveva bisogno di dormire. Il suo sonno fu pesante e senza sogni, troppo stanco anche per agitarsi. Il sapore con il quale si addormentò fu amaro, col cuore era rivolto all'amico.

Ma il suo risveglio, fu anche peggiore.

"NATHANAEL!".

Si sollevò di soprassalto. Era già giorno. Qualcuno era entrato in casa sua sbattendo la porta. Una sagoma scura si stagliava contro la luce che veniva da fuori.

"Chi sei? Che succede?" chiese agitato, stropicciandosi gli occhi.

"Nathanael!" lo chiamò ancora la figura. "Devi venire con me, è successa una cosa terribile!".

Nathanael chiuse gli occhi e si passò una mano sul viso intorpidito, cercando di risvegliarsi. Quando li riaprì, il mondo aveva ripreso dei contorni familiari. La figura sulla porta avanzò verso l'interno spostandosi dalla luce e finalmente Nathanael poté metterla a fuoco.

Era Orpa, la madre di Sara.

"Donna, cosa… che succede?" ancora preso dal sonno, era più stranito che preoccupato. In tanti anni Orpa non era mai venuta in casa sua. Man mano che si risvegliava, però, si rendeva conto che doveva essere accaduto qualcosa di grave.

L'anziana parlò con fare concitato, gli occhi sgranati. "Giairo, al cimitero... è fuori di sé!".

Bastò nominare l'amico perché Nathanael si risvegliasse all'istante. "Esci" disse determinato "Devo vestirmi" ricordò infatti di essere nudo sotto la coperta.

La donna, con la stessa apprensione con cui era entrata nella casa, uscì in fretta.

Mentre si rivestiva, Nathanael la interrogò attraverso la porta. "Spiegami che succede"

"Stamattina ero andata al cimitero" cominciò lei, "per pregare davanti al sepolcro di mia figlia. Ma, quando sono arrivata... ho trovato..." la voce le si spezzò.

Nathanael aprì la porta, ormai vestito, e la trovò che piangeva appoggiata su un fianco alla parete esterna della casupola, il volto tra le mani avvizzite.

Già oltre la metà degli anni che aveva da vivere, Orpa era magra e minuta, esile come un fuscello sotto le vesti che sembravano troppo pesanti per il suo piccolo corpo.

L'uomo ne ebbe compassione. Sola, costretta a seppellire una figlia. E ora quello. Quando avrebbe trovato pace?

D'istinto l'abbracciò. Aveva fretta di sapere, ma non aveva cuore di vederla piangere. Dopo un istante in cui la sentì irrigidirsi, vide che si rilassava, abbandonata ai singhiozzi, la testa contro il suo petto.

Durò poco.

Tornata in sé, prese fiato e si scostò bruscamente: non era uso avere certi contatti tra uomini e donne, a meno che i rapporti non fossero di natura più che intima. Si asciugò le lacrime e parlò: "Perdonami, sono così sconvolta...".

"Stai tranquilla" rispose lui. "Ma ora dimmi, che cosa è successo?".

"Meglio avviarsi. Lungo la strada ti spiegherò" sembrava avesse ripreso il controllo di sé.

Lasciarono la casa, più in basso di quella di Giairo rispetto al lago, e si avviarono a passo concitato su per il sentiero che conduceva a Gadara.

"Allora?" chiese di nuovo Nathanael, impaziente.

"Come ti dicevo, ero andata a pregare sulla tomba di Sara, ma quando sono arrivata ho trovato la pietra che la chiudeva gettata di lato, a diversi piedi di distanza".

"*Gettata?*"

La donna annuì, prendendo fiato. "Era spezzata in due. Non capivo chi avesse potuto fare una cosa simile. Ho avuto paura che avessero portato via la mia bambina..." per un attimo le lacrime si riaffacciarono sul suo viso, ma si costrinse a continuare. "Così sono entrata nella tomba" deglutì. "Le pareti erano imbrattate di graffi e segni. C'erano striature di fango e... sangue ovunque, ma lei l'ho trovata come quando il sepolcro era stato chiuso. Mi sono avvicinata per vedere se nulla fosse stato fatto al suo corpo, ma prima che potessi toccarla un uomo è saltato da dietro la roccia su cui era deposta e mi ha aggredita".

Nathanael sgranò gli occhi. "Un uomo?"

Orpa lo guardò, grave. "Giairo".

"*Giairo?*" per un attimo gli mancò il fiato. "Giairo ti ha aggredita?"

"Quello... non era lui. Sembrava impazzito, Nathanael! È saltato fuori come una furia, mi ha spinta a terra e si è messo a urlare. 'Va' via! ' diceva. 'Via!'. Aveva una voce... Non so come descriverla. Non era la sua, non era... *umana*" Orpa sembrava non credere alle sue stesse parole. "Mi ha sputato addosso. Ero terrorizzata. Mi sono rialzata in fretta e sono corsa via, temendo che volesse uccidermi. Sono venuta subito da te, perché so che tu sei come un fratello per lui. Non sapevo cos'altro fare. Dio mi perdoni Nathanael! Il dolore lo ha devastato, è evidente, e io ho addossato a lui ogni responsabilità. Quando l'ho visto, però... Gli occhi sgranati e vuoti, i vestiti laceri... Non posso pensarci! Sembrava una bestia, Nathanael, *una bestia!*" Orpa parlava in modo frenetico. Il suo racconto non sembrava reale. "Mia figlia lo amava... Mi sono pentita di avergli dato la colpa della sua morte. Non era più in sé. Quello non era l'uomo che mia figlia ha sposato. Tu devi fare qualcosa! Solo tu puoi..." la voce le si ruppe.

Nathanael rimase in silenzio, il respiro affannato per la camminata e lo sgomento.

Conosceva Giairo da tutta una vita e le cose

che Orpa gli aveva descritto non erano possibili. Sapeva che l'amico non aveva mai avuto stima della madre di Sara, ma non si sarebbe mai spinto a tanto. Se quello che Orpa aveva raccontato era vero, il male che stava provando gli doveva davvero aver portato via il senno.

Nonostante l'età, l'anziana riuscì a tenere il suo passo e in pochi minuti i due arrivarono ai piedi della collina del cimitero.

Orpa si arrestò.

"Io resto qui" disse. "Non posso sopportare ancora quella vista e non sopporterei di trovare stavolta il corpo di mia figlia deturpato, scomposto o Dio sa cosa!" abbassò lo sguardo, vergognosa. "Ho troppa paura Nathanael" ammise piano. "Perdonami".

Nathanael quasi non l'ascoltava più, ansioso di vedere l'amico. Già proteso verso il sentiero che si inoltrava tra le tombe, le accennò un sorriso, per come fu capace.

"Non temere, Orpa. Di una cosa sono sicuro: Giairo non farebbe mai del male a Sara, né da sano né da folle. Torna a casa se vuoi, io verrò da te dopo che avrò parlato con lui. Vedrai che ogni cosa andrà bene".

Si voltò e prese a risalire la collina a grandi passi, pregando che le sue parole fossero risultate più convincenti di quanto non lo fossero state per lui.

～

Il sentiero curvava diverse volte sullo stesso fianco della collina, attraverso una serie di terrazzamenti naturali, cosicché dabbasso non se ne scorgeva la fine. Alla prima curva Nathanael scomparve dalla vista di Orpa. Non sentire più lo sguardo della donna su di lui lo sollevò.

Arrivato dinnanzi il sepolcro si rese subito conto che Orpa non aveva detto il falso: la pietra bianca che lo chiudeva, giaceva ad alcuni metri di distanza. *Spezzata.*

Non c'erano segni di trascinamento sul terreno, il che risultava quanto mai incredibile. Era come se fosse stata scagliata via. Com'era possibile che Giairo avesse fatto quello da solo? C'era qualcun altro con lui? Quella pietra doveva pesare diversi quintali ed erano stati necessari molti uomini robusti solo per farla rotolare sull'entrata del sepolcro.

Nathanael si guardò intorno. A un tratto ebbe paura, ma avanzò lo stesso con decisione verso la tomba varcandone l'ingresso.

Gli ci volle un istante perché i suoi occhi si abituassero alla penombra.

Anche in quel caso Orpa non aveva mentito.

Tutte le pareti erano ricoperte di graffi e segni incomprensibili. Sembravano lettere di una lingua sconosciuta. Molti erano striati di sangue, come se fossero stati incisi nella pietra con le unghie. L'aria era pesante e greve di umori. Nathanael si portò una mano al viso per coprire il cattivo odore. Durante la notte il vento aveva trascinato dentro ogni sorta di detriti. Foglie secche e terriccio erano sparsi ovunque.

L'uomo capì perché Orpa avesse paura di ritornare.

L'unica che sembrava essere stata risparmiata da quello scempio, era Sara. Il suo corpo giaceva quieto sulla pietra che l'aveva accolta solo un giorno prima. Sembrava che nulla fosse stato toccato della sua persona. Il sudario la copriva intonso, lasciando intravedere le sue forme e la linea del suo viso che emergevano dalla stoffa bianca.

Per un attimo Nathanael dimenticò le ragioni per cui fosse là, e si sorprese a pensare che anche così fosse bellissima.

Poi, d'improvviso, sentì l'aria diventare più fredda. Il suo battito accelerò.

"Giairo?" chiamò piano.

Scorse un movimento nell'ombra, oltre il fascio di luce che dall'entrata del sepolcro si riversava ai suoi piedi. Si voltò di scatto, giusto il tempo di vedere qualcuno avventarsi su di lui. L'aggressore lo gettò a terra, facendogli battere la testa. Nathanael gridò, sollevando le mani nel tentativo di proteggersi. Tentava di guardare, ma la luce che proveniva dall'entrata lo colpiva negli occhi. Poi prima che se ne rendesse conto si sentì afferrare ai fianchi e sollevare. Fu un istante. Il mondo gli roteò intorno e fu schiantato sulla parete opposta. Il petto gli si svuotò all'istante. Cadde a terra senz'aria.

Si tirò su spalancando la bocca in cerca di aria, quando un verso forte e orrendo come il ruggito di cento bestie feroci lo investì, facendo tremare l'intero sepolcro. "*VIA!*" gridava.

Nathanael cercò di tirarsi su, ansimando, ignorando il dolore allo sterno. Si appoggiò alla parete e finalmente lo vide

Dall'altro lato, curvo e teso come un predatore in agguato, Giairo lo stava fissando con occhi vuoti.

Era nudo e sporco. Ciò che restava delle sue vesti era attorcigliato e legato come una specie di fascia che portava di traverso sul petto. Aveva il corpo coperto di graffi, impiastricciato di sangue rappreso e fango. Anche se era distante, Nathanael poteva sentirne l'odore acre. Le dita arcuate, pronte ad aggredire, erano incrostate sulle punte. Le unghie erano saltate.

Vedendo l'amico in quello stato, si sentì male. Cosa gli era capitato? Sentì gli occhi colmarglisi di lacrime: aveva paura di lui, ma la sofferenza *per* lui la superava.

Deglutì, cercando una cosa qualsiasi cosa da dire.

"Giairo, chi..." la voce era un filo sottile. "Chi ti ha fatto *questo?*"

L'altro piegò la testa di lato come se non riuscisse a comprendere le parole, poi il suo volto si deformò in una espressione sguaiata e cominciò a ridere con voce stridula tirando il collo avanti e indietro e contorcendosi quasi avesse le convulsioni.

Per quanto le risa lo squassassero, i suoi occhi restavano spalancati, fissi su Nathanael.

Era orribile.

Poi, come se qualcuno lo avesse colpito alle spalle, Giairo si inarcò all'indietro di scatto con un ringhio, mentre le braccia si protesero in avanti tirate da una forza sconosciuta. Continuò ad arcuare la schiena in quella posizione innaturale, fino a quando la nuca non fu sul punto di toccare i talloni. Nathanael poteva sentire le sue giunture scricchiolare, mentre l'altro respirava a fatica, i denti stretti, e schiumava dalla bocca.

Poi, come se le funi invisibili che lo tendevano fossero state recise di botto, il suo corpo perse ogni tensione e ricadde sulla schiena, come un fantoccio di carne.

Tutto era cessato.

Nathanael rimase un istante immobile appoggiato alla parete. Quando avvertì il respiro dell'amico farsi normale capì di potersi avvicinare.

Avanzò piano, spaventato, lo sterno che gli doleva ancora.

Poi sentendo l'altro gemere mise da parte ogni riserbo e si affrettò a soccorrerlo.

"Giairo, forza. Sono qui, sono qui..." Giairo era sudato e caldo come se fosse febbricitante. Da vicino quell'odore acre era quasi insopportabile, ma Nathanael non ci fece caso. Si pose la sua testa sulle gambe. "Giairo...". L'altro scosse la testa da un lato e dell'altro, gli occhi chiusi, come in preda a un incubo. "Giairo..." biascicò ancora l'amico, mentre le lacrime premevano di nuovo per uscire.

Finalmente Giairo aprì gli occhi, e stavolta Nathanael riconobbe uno sguardo familiare: "Nat... Nathanael" sussurrò.

"Sì" rispose l'altro in fretta. "Sì, sono io".

"Devi..." Giairo faticava a parlare, la bocca impastata. "Devi andartene, Nathanael... Io...".

"Cosa ti è successo?" chiese l'altro, la voce rotta dalle lacrime. "Cosa hai fatto?"

"No... ascoltami, Nathanael" Giairo tentò di tirarsi su con un gemito. Anche se fisicamente provato, sembrava di nuovo padrone di sé.

"Aspetta, non fare sforzi" Nathanael cercò di tenerlo giù, ma l'altro si ribellò, riuscendo a mettersi a sedere, la schiena appoggiata alla parete.

"Devi andartene!" disse boccheggiante. "Ti prego".

Nathanael lo guardava confuso "Giairo, che dici? Non posso lasciarti in questo stato! Cosa ti è capitato? Perché mi hai aggredito poco fa? E la madre di Sara?" si asciugò le lacrime e fece un gesto per indicare le pareti. "Cosa è successo qui?".

Giairo si guardò intorno come se per la prima volta si rendesse conto di dove si trovava.

"Orpa... È stata qui?" disse fra sé come se cercasse di ricordare.

Nathanael lo fissò, esasperato. "Non ricordi niente?"

Giairo lo guardò come se una grande distanza li separasse. "Sì... Sì, ora ricordo. È stata qui" poi come risvegliatosi da un sogno, il suo sguardo tornò nel presente, su Nathanael, e la sua espressione si fece preoccupata. "Nathanael, ho fatto una cosa terribile. Devi andartene. Potrei farti del male. Lui... *loro* mi lasciano in pace di tanto in tanto solo perché possa avvertire maggiormente tutto il peso della mia condizione, ma torneranno".

"Quale condizione? Ma di cosa stai parlando Giairo? Chi sono *loro*?" Nathanael non capiva.

Gli occhi di Giairo divennero lucidi. "Loro sono..." non riuscì a terminare la frase: scoppiò a piangere. Si rannicchiò contro la parete, singhiozzando, la testa appoggiata alle ginocchia, il viso voltato, vergognoso.

Nathanael lo guardava confuso. Avrebbe voluto coprirlo, ma non aveva niente con sé. Immaginò che sentisse freddo, nudo com'era a contatto con la pietra. Allungò una mano e la poggiò sulla sua spalla, scossa dai singhiozzi.

"Fratello," disse con tono gentile "ti prego, parla. Se non mi dici cosa succede non potrò aiutarti".

Giairo smise di piangere.

"Infatti non puoi!" disse secco.

Poi fu un attimo.

Con un movimento lesto del braccio, Giairo afferrò la mano sulla sua spalla e voltò la testa di scatto. I suoi occhi erano di nuovo vuoti e spietati, le pupille dilatate. Nathanael fece per ritrarre la mano, ma la stretta era salda come roccia. Prima che se ne accorgesse, Giairo si sollevò con un balzo roteando sulla schiena e Nathanael si ritrovò immobilizzato, il braccio torto all'indietro e Giairo piegato su di lui che gli respirava sul viso.

"Giairo…" disse basito.

"Non puoi fare nulla tu, *sciocco*!" la voce era sua, ma il tono era intriso di un disprezzo che Nathanael non riconosceva. "Giairo non è più affare tuo! Il suo corpo ora è nostro, la sua vita ci appartiene, e se non vuoi morire farai meglio a stare lontano da questo cimitero e da questa tomba, perché *noi* viviamo qui ora! Quindi, adesso, *VA' VIA!*" e prima che Nathanael potesse reagire fu scagliato fuori con un solo gesto.

Non fece in tempo nemmeno a gridare.

Cadde sull'erba, alla luce del giorno, rotolando su sé stesso, a pochi piedi dalla tomba di Sara. La violenza del colpo lo aveva stordito, lasciandolo steso e di spalle per un istante. Poi la paura lo ridestò. Temendo che l'altro lo colpisse alla schiena, richiamò a sé tutte le forze e si tirò su. Il braccio su cui era atterrato gli doleva fortemente, come fosse fratturato. Si voltò verso l'entrata e guardò l'amico, o chiunque egli fosse. Ora stava in piedi dinnanzi la tomba, curvo e teso come una bestia pronta ad attaccare.

Il cielo si era annuvolato e tirava un vento freddo.

"Chi sei tu?" gli gridò.

L'altro, sempre con quel sorriso orrendo sul volto rispose: "Noi siamo in molti, una Legione: spiriti del male!" la sua voce ora riempiva tutta l'aria intorno a loro e faceva tremare la terra, sovrastando il rumore del vento. "SIAMO I PADRONI DEL TUO AMICO!"

Nathanael capì e sentì il dolore per le sorti di Giairo acuirsi dentro di lui. "Perché?" urlò. "Perché gli avete fatto questo?"

L'altro rise: "CHIEDI PERCHÉ? CE LO HA CHIESTO LUI!"

"Non è vero!" Nathanael gridò con rabbia. "Tu menti!"

"INVECE È COSÌ: GIAIRO HA VENDUTO LA SUA ANIMA A NOI MOLTO TEMPO FA! VEDI QUESTO CORPO?" raccolse una pietra scheggiata ai suoi piedi e si graffiò il torace da parte a parte, a sangue.

D'istinto Nathanael scattò in avanti per impedirgli di farsi male.

"*FERMO, SCIOCCO!*" ordinò l'altro lanciandogli contro la pietra insanguinata. "DEL CORPO DELL'UOMO A NOI NON INTERESSA NULLA. È L'ANIMA CHE VOGLIAMO. TUTTAVIA QUESTO SUDICIO AMMASSO DI CARNE È L'UNICA COSA SU CUI ABBIAMO POTERE, SE L'UOMO NON CI APRE IL SUO CUORE. CHE TI PIACCIA O NO, NOI NON POTREMMO ESSERE QUI, SE IL TUO AMICO NON CI AVESSE CHIESTO DI ENTRARE!".

"Non è possibile!" Nathanael sentiva di nuovo risalirgli le lacrime e si dannò per questo: non voleva piangere dinnanzi a lui. "Stai mentendo…" sentiva la voce spezzarglisi.

"No, Nathanael, non stavolta" la voce era tornata umana.

Nathanael sussultò, credendo per un attimo che

a parlare fosse Giairo. Poi vide nei suoi occhi quel sadico compiacimento e capì che erano i demoni che cercavano di confonderlo.

"Ogni giorno di questa sua insulsa vita lo ha condotto da noi: questa è la verità!" proseguì Legione. "Per anni ha lasciato che la sua anima si allontanasse da Dio, sempre di più. Ha permesso che ogni suo dolore diventasse motivo di odio, mentre il rancore prendeva possesso di lui. Temendo di soffrire ancora, si è isolato dal mondo e dagli altri uomini; ha fatto di sé stesso il Signore della sua esistenza. E tu lo conosci troppo bene per non sapere che quanto dico è vero" gli spiriti ora parlavano lentamente, sorridendo del turbamento che quelle parole generavano in Nathanael. "E noi siamo rimasti in paziente attesa del momento in cui sarebbe stato pronto ad accoglierci completamente" il suo sorriso mutò in un'espressione di disgusto. "Certo, sarebbe stato più semplice se accanto a lui non ci fossi stato *tu*, stupido uomo! Col tuo *affetto* e le tue attenzioni! Tu, a tirarlo ogni volta fuori dall'abisso! Abbiamo cercato di corrompere anche te, sai? Abbiamo provato a contaminare la natura del tuo affetto per lui, a tormentarti con pensieri proibiti e fantasie perverse, ad aberrare i tuoi desideri di bene verso quest'uomo…" Nathanael a quelle parole sentì un moto di dolore risalirgli dalle viscere. Chinò il capo e chiuse gli occhi, umiliato, i pugni stretti, e le lacrime che si staccavano silenziose dal suo viso. "Ma vedo che sai di cosa parlo…" aggiunse Legione con cattiveria. Poi il volto di Giairo si trasfigurò in un'espressione di disprezzo. "Eppure il tuo cuore non si è mai piegato. La tua coscienza è rimasta salda e il tuo animo puro. Non hai assecondato nessuno dei pensieri che ti suggerivamo. Noi non abbiamo potuto confonderti" fece una pausa. Nathanael non si mosse. "Giairo, però non era come te. Lui era un debole. Dovevamo solo attendere il momento per prendercelo" attraverso il suo corpo Legione si rivolse con astio alla tomba alle sue spalle. "E poi è arrivata *lei*" ringhiò. "Quella donna! Troppo retta persino per *provare* a corromperla. Lei era la nostra rovina!"

Nathanael rialzò lo sguardo.

Sentire nominare Sara, gli infuse nuova forza, quasi sentisse la sua presenza vicina. Avevano lottato insieme per il bene di Giairo.

Insieme lo avrebbero salvato ancora una volta.

"Lei ha riportato nella vita di Giairo qualcosa che nemmeno il tuo affetto era stato capace di donargli: la *speranza*" Legione pronunciò la parola come se lo nauseasse. "Se tu gli hai permesso di sopravvivere per tutti questi anni, lei, con il suo amore, gli stava ridando la capacità di *vivere*" fece una pausa, piegando la testa di lato, come per studiarlo. "Lui l'adorava, sai? Anche ora che ne possediamo il corpo e l'anima, la volontà di Giairo riesce a impedirci di toccarla, tanto è il suo amore per lei" sorrise beffardo. "Per nessun altro è così. Come vedi non ci ha impedito di toccare te…" Nathanael chiuse gli occhi. Suo malgrado la

Moltitudine di demoni era riuscito a ferirlo. Non rispose, non si sarebbe piegato al loro gioco. "Certo ci sarebbe voluto molto, moltissimo tempo, ma alla fine ci sarebbe riuscita: ce lo avrebbe portato via! Per fortuna, anche se noi non la potevamo toccare, non sarebbe stato difficile trovare chi lo facesse al posto nostro".

Nathanael sgranò gli occhi. "Quindi è così! Siete stati *voi!*"

Il volto di Giairo fece una smorfia. "Ti stupiresti di quanto sia stato semplice. Sai, la maggior parte degli uomini non ha una coscienza retta come la tua. E così, ecco l'occasione: abbiamo trasformato la nostra minaccia nell'opportunità decisiva per la sua rovina. Giairo non si sarebbe mai ripreso dalla morte della moglie. Di fronte a questo dolore nemmeno *tu*, avresti potuto salvarlo!"

"BASTA!" Nathanael gridò furioso. Aveva la schiena dritta e lo fissava con sdegno. Continuava a piangere, ma il suo sguardo ora brillava di fierezza. "Perché mi dici queste cose? Ti serve un testimone? Se è così, perché non hai raccontato ad Orpa tutta la storia quando ne avevi la possibilità? Perché tormentarmi? Ti diverte il mio dolore? Sì, sono sicuro che ti diverta, ma non basta: cosa vuoi da me?"

Il volto di Giairo sorrise, socchiudendo gli occhi. "E tu? Perché sei rimasto qui ad ascoltare? Cosa vuoi *tu* da me, Nathanael?"

L'altro rimase in silenzio, stupito da quella risposta.

Quindi Legione riprese, attraverso la bocca di Giairo: "Vedi, Nathanael, noi conosciamo l'animo umano più profondamente di voi stessi. Se tu sei rimasto qui, è perché speri ancora di poter fare qualcosa per il tuo amico. Qualcosa di stupido, s'intende, eppure, sebbene tu sia cosciente che non servirà a nulla, noi sappiamo che sei pronto a compiere questo sacrificio inutile solo per *amore*. Per questo siamo rimasti a parlare con te. Forse c'è un ultimo trofeo che ci attende, quest'oggi…" e detto questo stette in silenzio, lasciando che quelle parole cadessero nel profondo del cuore di Nathanael.

Il vento soffiò forte tra loro, sollevando un vortice di foglie secche e spazzando l'erba con lunghe onde inquiete.

Nathanael non aveva distolto un momento il suo sguardo da quello vuoto e crudele che un tempo era dell'amico.

Ora capiva.

Sapeva ciò che gli spiriti si aspettavano. Era capace di vedere la rete che avevano teso davanti a lui, pronta a ghermirlo; era consapevole che loro non sarebbero stati alle sue condizioni e che alla fine i suoi propositi non sarebbero serviti a niente. Sapeva tutto.

Eppure non gli importava di nulla.

"Prendi me al suo posto" disse.

Le parole uscirono dalle sue labbra quiete e spontanee. Aveva preso la sua decisione e questo gli diede una pace in grado di oltrepassare la paura che provava.

Il volto di Giairo si contrasse in un ghigno di vittoria e dalla sua bocca uscirono le molte risa dei demoni. La terra sembrò tremare sotto di esse, mentre i venti si rinvigorivano.

Nathanael barcollò, ma non provò nemmeno a tornare sui suoi passi.

"Sciocco!" dissero gli spiriti con la loro voce. "Non ti permetteremo di farti carico della sua dannazione. Giairo è legato a noi e non lo lasceremo andare!"

"NO!" Nathanael urlò disperato, superando il rumore del vento. Restare inerme di fronte alla condanna dell'amico lo angosciava più di ciò che Legione avrebbe fatto al suo corpo. "Dammi almeno la possibilità di alleviare il suo peso!" aveva gli occhi sconvolti e la voce graffiata. "Se non posso prenderne tutto il carico, almeno permettetemi di condividerlo. Chiedo che metà di voi abbandoni Giairo ed entri dentro di me, perché questo possa alleviare il suo dolore e il suo corpo ne abbia sollievo. Almeno perché Giairo sappia di non essere solo a scontare la sua condanna".

Gli spiriti lo guardarono con disprezzo, scuotendo la testa di Giairo. "Sei uno stupido uomo, Nathanael!" parlarono con la voce dell'amico, affinché l'insulto gli facesse più male. "Se vuoi così…".

Non fecero in tempo a finire la frase.

Il corpo di Giairo si torse, il volto si contrasse, gli occhi parvero uscire fuori dalle orbite e l'uomo cadde a terra. Ruggì, si rotolò e prese a strisciarsi contro il terreno sollevandosi e rigettandosi ripetutamente a terra col bacino, poi una delle sue mani si sollevò contro il suo viso, graffiandolo, mentre l'altra si strappava i capelli dal capo.

Nathanael era inorridito e spaventato.

Si gettò su di lui, senza pensare, cercando di immobilizzarlo, ma la forza dei demoni era superiore alla sua e per ogni estremità che riusciva a trattenere con entrambe le mani le altre gli si scagliavano contro con calci e pugni. Dai denti stretti e spezzati di Giairo uscì un lungo lamento rabbioso, mentre tutto il suo corpo si incurvava all'indietro.

Poi si accasciò, come morto, tra le braccia di Nathanael.

Quando il suo petto si sollevò e gli occhi di Giairo si aprirono, Nathanael riconobbe l'amico. Sembrava non riuscisse a parlare, ma il suo sguardo parlava per lui.

Per un lunghissimo, breve momento i due si fissarono.

Giairo scosse impercettibilmente la testa, mentre due lacrime scivolavano silenziose dal suo viso. Nathanael comprese la sua preghiera silenziosa: *non farlo*.

Cercò di sorridere, nel tentativo di rassicurarlo. "Non temere per me" sussurrò, la voce tremante. "Io ho già deciso".

Prima che potesse dire altro, le pupille di Giairo si dilatarono nuovamente, i suoi muscoli si tesero, e la furia dei demoni riprese il sopravvento.

In un attimo il corpo di Giairo si gettò di lato e con un calcio nel petto scagliò Nathanael a una tiro di sasso. Questi rovinò a terra con un grido, la spalla trafitta da un dolore lancinante.

Aprì gli occhi e vide Giairo in piedi, torreggiante su di lui, che lo fissava con una furia cieca. La sua bocca si aprì e la Moltitudine di demoni parlò, scuotendo la terra e il cielo: "Così hai scelto la tua condanna, Nathanael di Gadara! Adesso ciò che hai chiesto sarà, e metà della nostra Legione prenderà possesso di te, e tu soffrirai l'inferno sulla terra, condividendo una sorte che non ti spettava, solo per il tuo stupido amore per questo tuo fratello che non ha mai fatto niente per te!"

Il cielo sopra di loro si fece più scuro e Nathanael avvertì il freddo penetrarlo fin dentro le ossa, mentre la terra tremava e tutto si faceva buio.

Nathanael fissò Legione negli occhi di Giairo e il suo volto si distese in un sorriso di sfida.

Non aveva più paura. Sapeva di aver fatto tutto ciò che poteva dinanzi a Dio.

Poi l'incubo ebbe inizio.

~

Nascosti dietro una roccia, altri occhi stavano guardando quanto avveniva nel cimitero. Occhi stravolti e spaventati. Occhi smarriti e pieni di lacrime. Occhi stretti in un urlo silenzioso e bruciati dal dolore.

Erano gli occhi di Orpa.

La donna alla fine non era riuscita ad andare via. Si sentiva responsabile per quanto avvenuto al genero e non aveva trovato il coraggio di tornare a casa. Così era rimasta ad attendere Nathanael.

Quando le grida l'avevano raggiunta aveva deciso di avvicinarsi, piena di timore. Fu così che vide quanto stava accadendo e sentì ogni parola, diventando testimone di quel sacrificio.

Sarebbe voluta scappare, gridare, oppure impedirlo. Ma non ne fu capace.

Le sue gambe non le risposero, i suoi occhi non poterono fare a meno di guardare. E la sua bocca di restare chiusa.

Temendo che i due uomini, ora totalmente in balia degli spiriti maligni, potessero vederla e farle del male, strisciò via, silenziosa com'era venuta, giù per il sentiero. Premeva una mano sul petto e l'altra sul ventre, camminando piegata, e ansimava: sentiva un dolore grande al torace e le mancava l'aria. Per un attimo credette che la morte, infine, fosse venuta a prendere anche lei.

Si fermò un istante come per verificare che fosse la fine, ma poi vide che il suo cuore non aveva smesso di battere, né l'aria di entrare nei suoi polmoni. Era solo il male che sentiva, che la piegava in due sotto il suo carico.

Orpa capì che di quel male avrebbe dovuto portare il peso, finché Dio avesse voluto. Lei aveva addossato ogni colpa al genero, all'uomo che sua figlia amava, facendolo sentire ancora più responsabile della sua morte, ignorando il dolore dell'uomo: lei aveva contribuito alla sua disperazione, ciò che lo aveva condotto a perdere sé stesso.

In quel momento non pensò nemmeno alla possibilità che altri fossero i motivi che avevano portato Giairo a vendere la propria anima.

In fondo cosa sarebbe cambiato? Sarebbe forse diminuita la sua colpa? No, non per lei.

Per di più aveva condotto come una sciocca anche Nathanael incontro alla stessa sorte. Come avrebbe potuto sopravvivere con questo carico di dolore e responsabilità?

Eppure era così. Non le sarebbe stato permesso di liberarsene. Orpa doveva sopravvivere.

Mentre questi pensieri vorticavano nella sua mente, i suoi piedi continuarono a camminare, portandola lontano da lì, da quel cimitero e da quei due uomini la cui vita era stata segnata per sempre, grazie anche a lei.

Quando seppe che nessuno poteva più sentirla si fermò e un urlo di disperazione le proruppe dal petto. Quando non ebbe più aria in corpo si accasciò a terra, ripiegata su un fianco, come morta. Restò immobile a lungo, riversa sul sentiero, senza avere la forza di muoversi.

Ma neanche allora fu la fine.

Quella era la sua espiazione.

Orpa doveva sopravvivere.

Vedendo che la morte non arrivava, si alzò lentamente e senza voltarsi indietro, continuò a camminare. Avanzava strisciando, le grida dei due uomini sempre più lontane, come in un sogno. Decise che non sarebbe più tornata al cimitero. Tutto era finito, ormai.

La strada scorse sotto i suoi piedi e presto fu a Gadara, dove le sue figlie la accolsero piangendo al suo racconto. Dove nessuna parola di conforto poté alleviare la sua sofferenza.

Dove nessuno avrebbe potuto tergere le infinite lacrime della sua colpa.

Era così. Orpa doveva sopravvivere.

6

Presto la gente di tutta la regione venne a sapere dei due indemoniati di Gadara. Vivevano tra le tombe e aggredivano chi si trovasse a passare per quella strada. All'inizio la comunità cercò di farsi carico del problema: furono mandati alcuni incantatori e maghi, conoscitori delle magie d'oriente, ma nulla ottennero, se non che da quel momento anche i loro sogni furono tormentati da orrende figure e presagi di morte.

Non potendo liberarli, si cercò almeno di controllare la loro furia: furono radunati alcuni uomini forti che provarono a legare i due pescatori con delle catene, per impedire che facessero del male a sé stessi e agli altri. Ma la forza dei demoni era devastante e le catene non ressero sotto la loro pressione, spezzandosi. A quel punto fu chiaro che nulla vi fosse da fare.

I due indemoniati furono abbandonati a loro stessi.

Si iniziarono a percorrere altre vie per raggiungere la città, e solo ogni tanto, quando veniva trovata qualche bestia sventrata nelle vicinanze, si tornava a parlare di loro.

Alcuni allevatori di maiali che vivevano fra Gadara e il cimitero, raccontavano dei versi terribili che spesso udivano provenire da lì, soprattutto di notte.

Nonostante questo, col tempo tutti finsero

di aver dimenticato i loro nomi e la loro storia. Quella presenza molesta venne accettata come qualcosa di inevitabile, al pari delle stagioni o delle montagne.

Tutti dimenticarono. Tranne Orpa.

Lei continuò, nel silenzio, a ricordare la storia dei due uomini, e di sua figlia. Quella storia cui era inscindibilmente legata. E nel silenzio pregò, ogni notte e ogni giorno Dio, perché mettesse fine a quella tragedia, perché liberasse i due uomini o le togliesse la vita.

Così dal momento in cui, piena di paura, aveva accompagnato Natanael fino al cimitero, anche lei era tornata da lì dannata, come loro. Solo che il suo tormento avveniva nel muto dolore di ogni giorno, e il suo demone personale era il dover convivere col ricordo di quanto aveva visto e con la consapevolezza di avere voltato le spalle, impotente, a coloro che più erano amati da sua figlia. Spesso si ritrovò a pensare che in fondo i due uomini fossero più fortunati di lei.

Ma dentro, nel profondo della sua anima, una piccola, piccolissima parte di vita bruciava sotto la cenere. Quell'ultimo, unico anelito alla speranza era ciò che la faceva respirare e che ogni giorno continuava, incessante, a farle alzare gli occhi al cielo e chiedere aiuto a quel Dio che sua figlia amava.

~

Passarono tre anni da quando Sara era morta.

Una notte vi fu una grande tempesta che batté l'intera regione e il Mare di Galilea. Uno dei guardiani che sorvegliavano i branchi di maiali vicino al cimitero, si svegliò di soprassalto per il rombo di un fulmine che sembrava essersi abbattuto poco vicino.

Si chiamava Urìa e aveva poco più di diciassette anni.

Gli altri guardiani avevano famiglia e la sera tornavano alle loro case. Solo Urìa restava a dormire lì. Orfano da tempo, non aveva una casa dove tornare e così il padrone aveva acconsentito benevolmente ad affidargli quell'incarico a tempo pieno, con la possibilità di stare in una baracca vicino al recinto dei maiali. Era un alloggio più che modesto, ma per Urìa non era mai stato un problema.

Il ragazzo si alzò dal suo giaciglio di paglia e andò alla porta.

Fuori sembrava che il mondo, come lui lo conosceva, avesse cambiato forma. Lampi tremendi spezzavano il cielo a ripetizione trasformando la notte in giorno; gli alberi erano squassati dalla pioggia fitta e violenta; le onde del mare si sollevavano imponenti oltre gli scogli, ricadendo sulla costa con grande fragore; i maiali correvano in giro per il recinto, terrorizzati. Il rumore del vento era assordante.

Urìa rientrò tremando e si chiuse la porta alle spalle, fissandola bene con il fermo. Si gettò sul suo giaciglio, ricoprendosi come poteva. La baracca di legno era piena di spifferi e scricchiolava in modo preoccupante: sembrava già un miracolo che il vento non l'avesse sradicata via e che il tetto reggesse senza far piovere dentro. Il ragazzo non ricordava di avere mai visto una tempesta così e pregò che finisse presto.

Come se qualcuno avesse ascoltato i suoi pensieri, il fragore cessò.

Urìa si tirò su, incredulo, tendendo le orecchie.

Niente.

Le pareti avevano smesso di scricchiolare e non si sentiva più soffiare nemmeno una bava di vento. Ancora interdetto si mise in piedi e corse a vedere fuori.

Era come se il panorama di poco prima non fosse mai esistito.

Non cadeva più una goccia di pioggia e il cielo, ora silenzioso e non più attraversato da lampi, in alcuni punti si era addirittura aperto, lasciando passare la luce di qualche stella e il bagliore della luna. I porci tacevano, immobili e calmi nel recinto, e dalle acque del lago risaliva solo il debole fragore della risacca.

Urìa restò impalato davanti la porta un minuto buono, incredulo.

Toccò persino con un piede per terra per sincerarsi che non avesse sognato.

Era fradicia.

Quando comprese che non ne sarebbe venuto a capo, si strinse nelle spalle e tornò a stendersi. L'importante era che tutto fosse passato.

Era sul punto di riaddormentarsi, quando in lontananza un verso rabbioso, lungo e strascicato, attraversò la notte, subito seguito da un altro.

Questa volta il ragazzo non si alzò.

Conosceva quei versi. Provenivano dalla collina del cimitero poco distante. Spesso li udiva, di notte.

Il verso si ripeté.

Erano i due indemoniati.

Urìa sollevò la testa, turbato. C'era qualcosa di diverso nelle loro voci. Non avrebbe saputo spiegarlo, ma gli sembrò... *paura*. Come se in quella tempesta cessata i due riconoscessero un qualche presagio, nefasto per loro.

Riappoggiò il capo e chiuse gli occhi, decidendo che era troppo stanco per potersi interessare anche a quello.

Dopo pochi istanti era già immerso in un sonno profondo.

7

Giairo si svegliò.

Era mattina. Dall'entrata del sepolcro proveniva una brezza che a contatto con la sua pelle nuda lo faceva rabbrividire. Quanti giorni erano passati? Non sapeva più dirlo. I suoi ricordi, dal giorno del funerale, erano solo un susseguirsi di incubi, a metà tra la coscienza e il sogno, inframmezzati da pochi momenti di lucidità. Momenti come quello, in cui gli era dato di respirare.

Guardò la luce tenue che proveniva da fuori, del sole ancora giovane, e chiuse gli occhi cercando di ricordare quando all'alba sentiva il profumo del lago entrare nelle sue narici, in piedi sotto la tettoia di casa, mentre Sara lo attendeva a letto. Il tanfo della tomba e del suo corpo era talmente forte che da tempo aveva dimenticato l'odore dell'erba, o quello degli ulivi. Come anche la sensazione del sole sulla pelle. Tutto per lui era solo freddo.

Provò a muoversi. Quasi si stupì di poterlo fare ancora. Con fatica cercò di mettersi seduto, lentamente, sperando che quella volta il tempo concessogli fosse più lungo. Il sepolcro era sempre più devastato, c'erano foglie, terra ed escrementi ovunque, tutt'intorno alla pietra su cui giaceva Sara.

Sara...

In quegli istanti in cui riassumeva il controllo di sé, non aveva mai provato a scostare il suo sudario. Temeva di vedere i segni che il tempo stava lasciando sul corpo della moglie. Preferiva ricordarla com'era, quando era stata chiusa lì.

Si guardò le mani: erano impiastricciate di sangue rappreso. Pregò che stavolta non fosse il sangue di un uomo.

Un gemito lo richiamò alla realtà.

Alla sua sinistra, un po' distante da lui, Nathanael, era rannicchiato contro il muro in posizione fetale. Gli dava le spalle e, a quanto sembrava, anche lui era di nuovo in sé.

Vederlo lì, nudo e sporco, gli riempiva il cuore di dolore. Avrebbe voluto uccidersi per averlo trascinato in quell'incubo, e forse, se avesse potuto, si sarebbe ucciso davvero.

Ma Giairo non poteva. Non dopo che l'amico aveva sacrificato la sua libertà per non abbandonarlo. Come avrebbe potuto, lasciarlo solo? Con che coraggio? No. Sarebbero rimasti legati a quella sorte, insieme. Quel pensiero lo tormentava quando tornava cosciente, più delle torture di Legione, da schiavo.

Si trascinò a fatica vicino a lui e lo guardò dormire.

In cuor suo non poteva negare che, quando la sua mente riacquistava il controllo e i suoi occhi tornavano ad aprirsi, trovarsi accanto l'amico lo rinfrancava dal suo male. Era un sollievo meschino e intriso di senso di colpa, ma nella loro condizione era più di quanto potesse chiedere.

Si domandò se l'amico non lo odiasse per ciò

che era diventata la loro vita. In quei pochi momenti in cui la ragione tornava ad abitare le loro menti, non aveva mai avuto il coraggio di chiederglielo. Forse non lo avrebbe avuto mai, per paura che la sua risposta fosse stata 'sì'.

In effetti, si rese conto, non capitava più che si parlassero da molto tempo.

E d'altra parte, di cosa avrebbero dovuto parlare, quando già respirare richiedeva uno sforzo e l'unico pensiero era attendere l'inizio di un nuovo incubo?

Si chinò su di lui, e mentre due lacrime stanche si staccavano dai suoi occhi, gli carezzò piano la testa, pensando che non sarebbero bastate tutte le carezze del mondo a ripagare il suo sacrificio.

Nathanael sembrò sospirare, come alleviato da quel gesto.

Poi, l'incubo ricominciò.

8

Urìa si era svegliato alle prime luci dell'alba. Corse fuori a piedi nudi, preso da un bisogno impellente, e la terra ancora umida gli ricordò della tempesta. Mentre espletava le sue funzioni in piedi dietro a un albero, respirò l'aria mattutina con piacere. La pioggia sembrava un sogno ormai: il cielo era terso e limpido e lontano verso l'orizzonte si vedeva chiara l'altra sponda del lago. Stava per apprestarsi a dare da mangiare ai maiali, quando il suo sguardo fu attirato da un movimento sull'acqua.

Barche.

Decine di barche stavano arrivando a riva.

Uno spettacolo alquanto strano. Sembrava una carovana che si spostava via mare, con molti uomini e donne a bordo.

Il ragazzo, incuriosito, si guardò intorno e vedendo che gli altri mandriani non erano ancora arrivati decise di scendere fino alla strada per vedere chi fossero quelle persone. Arrivato lì si nascose dietro un olivo che cresceva a pochi passi dal sentiero. Da lì avrebbe potuto osservarli senza essere visto.

La prima barca stava già urtando contro le rocce affioranti e alcuni uomini si erano tuffati nell'acqua bassa per accompagnarla con le funi fino a riva, nelle insenature ricoperte di ciottoli.

Urìa si soffermò a osservare uno di quelli che la trainavano.

Era poco più alto degli altri, con una semplice tunica di tela grezza e chiara e un mantello che si tolse prima di immergersi con i piedi. Le sue braccia erano quelle di un uomo che lavora, tuttavia aveva un ché nel portamento che gli ricordava un principe o un re. Stava parlando agli altri. Il ragazzo non sentì cosa disse, ma doveva trattarsi di una battuta perché risero tutti. Anche se era stato il primo a scendere dalla barca per condurla in secco, come nessun re avrebbe fatto mai, si trovò a pensare che dovesse essere davvero un uomo dalle nobili origini. Si rivolgeva agli altri con familiarità, senza la protervia tipica di chi appartiene alle famiglie benestanti, ma era come se tutta la sua persona emanasse una dignità e un'autorevolezza che Urìa non aveva percepito mai, nemmeno nel suo padrone, che pure era uno fra i maggiori possidenti di Gadara.

Da come lo guardavano gli altri, capì che era lui il capo. Senza aspettare che tutti fossero scesi dalle barche, il suo gruppo si mosse per risalire il pendio, fino alla strada. Ora erano abbastanza vicini da poterne udire i discorsi.

"Rabbunì" disse uno di loro "perché hai voluto che venissimo qui, nelle terre pagane?" da come parlò, il ragazzo comprese che erano Giudei. Si era rivolto all'uomo vestito di bianco con l'appellativo dei maestri della Legge ebraica.

L'altro lo guardò con quella cha a Urìa parve tenerezza. "Juda, non hai ancora capito?" rispose. "La salvezza è giunta per tutti gli uomini. Anche per i pagani" e sorrise, nel cogliere l'incomprensione negli occhi dell'altro.

Anche Urìa faceva fatica a capire.

Confinando con la Giudea, il popolo delle Dieci Città conosceva in parte tradizioni e riti della legge di Mosè. Il ragazzo, però, non aveva idea di cosa stesse parlando quell'uomo.

Ora che era vicino, poteva vederlo bene in viso: era bellissimo.

Arrossì. Era un pensiero che un giovane uomo non avrebbe mai espresso davanti a un altro, giudeo o meno, temendo di essere tacciato di poca virilità, o peggio.

Eppure non avrebbe potuto dire diversamente: quell'uomo era bellissimo.

Il maestro si guardò intorno e socchiuse gli occhi quando la brezza mattutina soffiò sul suo viso per un istante. Quindi guardò alla sua sinistra, laddove la strada curvava dietro un costone di roccia, pensieroso.

"Inoltre" aggiunse "un grande atto di amore si è compiuto qui. Un atto che chiede misericordia davanti a Dio". Si voltò dall'altra parte e per un attimo i suoi occhi incontrarono quelli del ragazzo, che trasalì: l'uomo sembrò sorridergli.

L'istante dopo stava di nuovo contemplando il paesaggio.

Urìa non sapeva dire se lo avesse immaginato. Intimorito, si nascose ancora di più dietro il tronco dell'albero. Intanto il resto delle persone stava risalendo la collina dal mare.

Era davvero la più strana compagnia di gente che il ragazzo avesse mai visto. Le persone più diverse, che mai si sarebbero viste camminare insieme, erano fianco a fianco: uomini con vesti ricche aiutavano a salire vecchi malvestiti; madri con neonati in braccio, si accompagnavano a donne anziane; uomini con abiti semplici, erano insieme a stranieri dalla pelle scura. Coppie circondate dai figli, donne con i capelli scoperti e dall'aria equivoca... tutti viaggiavano insieme. Molti sembravano di umili origini, e molti di più avevano un'aria sudicia, ma nessuno pareva farvi caso.

I loro sguardi erano tutti orientati verso quell'unico uomo vestito di tela, all'apparenza in tutto simile agli altri. C'erano anche molti bambini, alcuni già ragazzini, di pochi anni più piccoli di Urìa. Furono i primi, non appena scesero dalle barche, a raggiungere il Maestro di corsa.

Il ragazzo si chiese come avesse fatto quella strana carovana così numerosa a superare indenne la traversata del lago, con la tempesta della notte prima. Dovevano ringraziare che si fosse calmata così improvvisamente o, Urìa ne era sicuro, non sarebbero arrivati a riva.

In effetti i loro visi sembravano provati dalla stanchezza. Molti guardavano il Maestro e sussurravano tra loro con sguardi che erano a metà tra l'ammirazione e il timore.

Di nuovo Urìa si chiese chi fosse quell'uomo.

Poi, mentre la massa di gente si andava

radunando sulla strada, un urlo come di bestia spezzò il loro mormorio, sovrastando ogni altro suono.

L'aria si fece fredda. La gente si guardò intorno, agitata. Molti si voltarono verso il punto da dove proveniva il lamento.

A Urìa si gelò il sangue.

Gli indemoniati.

Un altro grido si aggiunse rabbioso, diffondendo il panico tra la gente, i cui sguardi rimbalzavano freneticamente dalla strada all'uomo che chiamavano Maestro. Sembravano aspettarsi che li difendesse. Qualcuno gemette. Alcuni bambini si strinsero ai genitori, altri, invece, corsero verso il Maestro e si avvinghiarono alla sua veste.

Anch'egli, nel frattempo, si era voltato verso il punto da cui provenivano i lamenti, che si facevano più vicini.

L'uomo fermò i bambini con un gesto, facendogli segno di stare indietro. Stette in silenzio, immobile, fissando serio il sentiero che svoltava dietro la collina, verso la foresta. I versi di bestia erano sempre più forti e ansanti. Sembrava che nulla di essi lo spaventasse.

Nessuno si mosse. Urìa trattenne il fiato.

L'istante dopo da dietro il costone di roccia spuntarono i due uomini.

Fu il panico.

La folla prese a spintonarsi indietro, gridando spaventata, mentre i due uomini correvano a grandi balzi verso di loro, curvi come bestie che inseguono la preda.

Urìa sgranò gli occhi.

In pochi istanti sarebbero stati addosso al Maestro.

L'uomo non si mosse di un passo.

9

Come colpito da un fulmine Giairo sentì il suo corpo attraversato da una scarica, la sua vista si annebbiò, chiuse gli occhi, torse il collo di lato con un gemito e le sue mani si piegarono indietro, tese in modo innaturale. Sentiva la pelle bruciata come se fosse mangiata dai vermi. Prese a rotolarsi gridando, mentre Nathanael urlava accanto a lui. Poi venne travolto dalle convulsioni. Gli occhi si incavarono dentro le orbite, come schiacciati da una pressione esterna e iniziò a pestare con i pugni a terra per il dolore.

Per un istante riebbe il controllo sul proprio corpo e senza pensare fece per alzarsi, gettandosi fuori dal sepolcro in un tentativo ingenuo di fuggire, le mani avanti e le palpebre sbarrate come un cieco. Dopo due passi Legione lo riafferrò.

Fu come se gli avessero tranciato le gambe. Cadde sulle ginocchia e batté la faccia per terra spaccandosi il labbro.

Poté aprire gli occhi.

Il mondo attorno a sé era avvolto in una visione oscura: ogni cosa gli appariva sbiadita e senza colore come se un forte incendio avesse devastato la regione lasciando dietro a sé solo cenere, tizzoni arroventati e un cielo nero di fumo. Una luminosità giallognola permeava l'aria. Gli alberi sembravano sul punto di sgretolarsi, come fatti di polvere. Mentre ansimava a terra gli sembrò che i demoni avessero allentato la loro stretta, ma fu solo un attimo e subito ripresero.

Li sentiva ruggire e strillare dentro la sua testa, un coro assordante di voci sovrapposte e tormentate che gli esplodevano nelle orecchie perforandogli i timpani fino a farlo impazzire. Portò le mani alle tempie cercando di coprire quel suono, ma era inutile poiché esso proveniva dall'interno.

Si volse indietro, scuotendo la testa freneticamente per allontanare il loro lamento e vide Nathanael a terra, davanti l'entrata del sepolcro, in preda alle convulsioni. Poi, come se avessero avuto un arpione agganciato alle viscere, entrambi saltarono in piedi, sentendosi strattonati dall'addome, tirati in avanti da una forza irresistibile.

Cosa succedeva?

Giairo poteva avvertire Legione dimenarsi dentro di loro. Una delle sue mani si aggrappò a un tronco d'albero e non lasciò la presa senza che il palmo si scorticasse sulla corteccia, lasciandovi strisce di sangue. Nathanael si gettò con furia sopra un cespuglio di rovi, cercò di aggrapparvisi stringendo i rami spinosi, ma fu tanto l'impeto che vi rotolò in mezzo, cadendo sul terrazzamento sottostante. Batté con violenza la testa su una roccia. In un attimo era di nuovo in piedi, un rivolo di sangue gli colava dalla tempia. E già la sua corsa animalesca era ripresa.

Mentre avanzavano come bambole di carne, Giairo capì che la Moltitudine di demoni stava cercando di frenarli.

A ogni appiglio Legione cercava di afferrarsi con violenza, usando i loro corpi come suoi, ma la forza attrattiva che soggiogava la volontà dei demoni era più potente. Resisterle era inutile e aumentava solo il loro dolore.

Cos'era quel potere nuovo? Perché i demoni erano così agitati?

Giairo sentiva la pressione della Moltitudine più forte di ogni altra volta, così forte che quasi sperò, stavolta, fosse davvero la fine. Legione lo scaraventò contro un masso, di petto, a braccia larghe. Sentì le ossa fratturarsi con un rumore di legna spezzata. Il dolore gli risalì come una scossa dallo sterno, invadendogli il cervello. Era troppo.

Perse i sensi.

Fu solo un momento, sospeso in quell'oblio. Credette di essere morto.

E poi di nuovo. Il male lo reinvestì, più violento di prima, risvegliandolo. Richiuse gli occhi, stretti fin quasi a sanguinare. Sentiva Nathanael al suo fianco, le sue urla. Il male si trasferiva dall'uno all'altro in un flusso continuo. Legione non aveva più alcun controllo. Sembrava che i demoni si fossero arresi a quel loro precipitare. Nei brevi istanti in cui riuscì ad aprire gli occhi vide che la loro corsa impazzita li stava portando ai piedi della collina. Le cinte di stracci che portavano di traverso sul petto si strapparono nella corsa, contro rami, cespugli e rocce.

Caddero. Giairo teneva ancora gli occhi chiusi, non riusciva a capire se avessero ripreso a camminare o se fossero ancora a terra. Le sue percezioni erano deformate. In uno sprazzo di volontà aprì ancora gli occhi. Era riverso sulla schiena. Nathanael sotto di sé. Riconobbe la strada che costeggiava il cimitero.

E poi di nuovo quella forza li strattonò sollevandoli.

Rotolarono l'uno sull'altro e tornarono carponi. Giairo chiuse gli occhi. Ripresero a correre, in modo sconnesso. Le voci dei demoni gridavano, parlavano tra loro. Erano lingue antiche, ma a Giairo pareva di capire: sembravano braccati. C'era… *paura*.

Giairo la sentiva, ne era sicuro. Essa era presente e viva come il male con cui li torturavano.

Legione era arrabbiato, furioso.

E terrorizzato.

Cosa stava accadendo?

Giairo non poteva ragionare, ma le emozioni della Moltitudine lo attraversano oltre la propria consapevolezza, insieme ai tormenti. Più avanzavano, più aumentava la paura di Legione e il male che riversava su di loro, furioso per la sua impotenza di fronte a quella forza superiore.

Dondolavano correndo, le braccia ai lati del corpo. Si urtavano l'uno contro l'altro, cadevano, rotolavano ed erano di nuovo carponi, galoppando come bestie sulle nocche. Giairo non poteva vedere dove stavano andando. Aveva ancora le palpebre serrate.

A un tratto tutto aumentò d'intensità: la loro

corsa si fece più frenetica e le emozioni di Legione presero a gonfiare oltre misura, invadendo le loro menti.

Paura. Rabbia. Dolore. Paura. Rabbia. Dolore.

Le urla stridenti si fecero insopportabili, i timpani erano sul punto di scoppiare, il cuore martellava oltre la sua capacità.

Paura. Rabbia. Dolore. Paura. Rabbia. Dolore.

Sentì che si arrestavano, lanciandosi a terra. Giairo aprì la bocca e il grido di Legione uscì potente, squassando l'aria come una tempesta.

Paura. Rabbia. Dolore. Paura. Rabbia. Dolore.

Non avrebbero resistito di più. Stavolta ne era sicuro, Legione li avrebbe uccisi.

Paura. Rabbia. Dolore. Paura. Rabbia. Dolore.

Paura.

Poi all'improvviso, il vuoto.
Giairo non sentì più niente.

10

Nessun male. Nessuna voce.

Legione aveva smesso? Erano dunque morti, infine? Giairo provò, timoroso, ad aprire gli occhi.

Ed essi si aprirono.

Il mondo attorno a loro appariva in quella visione grigia di fumo e devastazione: erano ancora sotto il potere della Moltitudine di demoni. Tuttavia lui non sentiva più dolore.

Si trovava in ginocchio. Al suo fianco avvertiva la presenza di Nathanael, ma non poteva girare la testa per guardarlo. Non aveva il controllo del suo corpo, i suoi occhi erano fissi verso l'alto.

In piedi, dinnanzi a loro, c'era un uomo, vestito di tela. Egli li stava fissando come se li conoscesse. Giairo si stupì nel vedere che non aveva paura. Riconobbe un grande dolore in quello sguardo, straziante, come se lui potesse sentire ciò che provavano.

I fumi malsani che, nella visione prodotta da Legione, evaporavano da ogni cosa, vicino al corpo dell'uomo svanivano, per ricomparire oltre. Sembrava che un bagliore di Verità lo avvolgesse, rischiarando l'aria vicino a lui, e mostrando il mondo come realmente era dietro quella cortina di cenere.

Alle spalle dello straniero Giairo percepiva le sagome confuse di altre persone. Non riusciva a guardarle direttamente. I suoi occhi erano fissi in quelli dell'uomo.

D'improvviso questi cambiò espressione: il suo sguardo si fece duro e la sua bocca si schiuse, sussurrando parole incomprensibili. Giairo capì che egli non stava più guardando loro, ma il male che si celava nei loro corpi.

Quell'uomo poteva vedere Legione.

Il sussurro aumentò di volume, diventando un comando chiaro e ripetuto, che crebbe d'intensità: *"Esci, spirito immondo, da questi uomini!"*

La voce di quell'uomo era come una frusta per la Moltitudine di spiriti. Giairo poteva percepire tutta la loro rabbia e la loro sofferenza di anime dannate, proiettata fuori, sui loro corpi, ora urlanti e scossi da convulsioni e tremiti. Si rotolavano a terra e si strappavano i capelli. Stavolta però nessun dolore ricadeva su di lui. Pur percependo il suo corpo contorcersi tormentato, Giairo si accorse di essere protetto da una forza sconosciuta. Come se per un momento la sua anima fosse stata avvolta da un velo e rinchiusa al fondo della sua carne, dove nessuno poteva toccarla, abbastanza in fondo da non avvertirne il dolore superficiale.

"Esci, spirito immondo, da questi uomini!" ripeté con forza lo straniero.

La visione di devastazione con cui Legione aveva coperto i loro occhi fu sferzata da un forte vento. I fumi si confusero in un vortice che nascose il paesaggio e le altre sagome, mentre il bagliore che irradiava dall'uomo crebbe di intensità, facendosi strada nel grigiore e invadendo ogni cosa.

I due uomini ora giacevano a terra sul ventre, la schiena arcuata, la testa riversa da un lato. Guardavano dal basso l'uomo, di sbieco, come serpenti pronti a mordere.

Ma mentre quello era ciò che Legione faceva compiere ai loro corpi, attraverso le loro pupille, socchiuse dal male come chi rifugge il sole, la luce che l'uomo irradiava penetrò al fondo della loro carne, fino a raggiungere l'anima dei due pescatori, come un carezza, lì nel guscio protetto dove era custodita.

Giairo sentì nascere in sé una sensazione potente, dimenticata da tempo. Una sensazione che forse non aveva mai provato come in quel momento.

Con stupore si accorse che era *Vita*.

Proveniva da quell'uomo, come anche la forza che li proteggeva dal tormento che Legione stava infliggendo ai loro corpi. La stessa forza, ora lo capiva, che aveva soggiogato la volontà della Moltitudine, attirandola lì.

Ma chi era costui?

Quasi volessero rispondere alla sua domanda, Giairo sentì la propria bocca e quella di Nathanael aprirsi e la voce dei mille demoni urlare con odio e disperazione attraverso di esse: "CHE VUOI DA NOI, FIGLIO DI DIO? SEI VENUTO QUI A TORMENTARCI PRIMA DEL TEMPO?"

Figlio di Dio.

Quelle parole scossero il cuore di Giairo e, egli poteva avvertirlo, anche quello di Nathanael.

Sebbene il loro senso profondo rimanesse ancora oscuro, all'udirle, nella parte più intima della loro anima, qualcosa si spezzò, e uno strano, inspiegabile anelito alla gioia risalì loro dal cuore.

L'uomo rispose, calmo e duro come un re che si rivolge a un ladro.

"Qual è il tuo nome?" disse, e la sua voce sembrò scuotere l'intero mondo.

I demoni parlarono ancora, piegati al suo volere: "IL MIO NOME È LEGIONE, PERCHÉ SIAMO IN MOLTI".

E i due videro la potenza dell'uomo farsi più grande.

I fumi del male si dissolsero del tutto, mentre la luce che da lui aveva origine si andava espandendo sempre di più, rischiarando il cielo e la terra e ridonando colore a tutto quello che avevano attorno.

Ed egli disse di nuovo: "*Esci, spirito immondo, da questi uomini!*"

A quelle parole si udì come un tuono e un'onda di luce li investì, rovesciandoli su un fianco. Giairo poteva sentire la Moltitudine di demoni contorcersi disperata dentro di loro. Il potere di quell'uomo era come un chiodo arroventato piantato nella loro essenza. Percepì il terrore dei demoni, mentre piangevano, implorando di non tormentarli ancora. Poi i loro occhi, ancora schiavi del potere degli spiriti, si voltarono angosciati verso la collina e videro poco lontano un grande recinto pieno di porci.

Le bocche dei due uomini si aprirono.

"Se ci vuoi scacciare, mandaci nel branco dei maiali! Lascia che entriamo dentro di loro!" non c'era più dominio nella loro voce, né superiorità, ma solo paura e miseria.

Giairo seppe che quella era l'ultima volta che Legione parlava.

A quella richiesta la luce che emanava dall'uomo aumentò ancora di più, avvolgendoli completamente e invadendo tutto ciò che avevano attorno. Essi sentirono un grande calore attraversare la loro carne e dissipare finalmente il freddo che li tormentava. Avvertirono di nuovo i loro corpi, liberi dal controllo degli spiriti, mentre la pelle bruciava e le ferite si chiudevano, come ricoperte di sale. Fu doloroso, ma solo per poco e poi quel calore coprì ogni sofferenza. Già non provavano più male. Sentirono Legione, sconfitto, comprimersi impaurito nell'ultimo recesso del loro cuore.

La luce era così intensa che i due chiusero gli occhi per paura di venirne accecati.

Ma poi Giairo volle vedere. E li aprì.

E tutta la potenza di quell'uomo gli si manifestò dinnanzi.

Le sue vesti, prima bianche, risplendevano adesso d'oro e porpora e il suo volto, attraversato da una luce intensa e bruciante, era come traslucido: abbagliava con la bellezza dell'Alba e del Tramonto. In quel viso vi erano le infinite estati della terra e i mille inverni del cielo, l'immensità delle montagne innevate, di cui Giairo aveva sentito cantare, e dei mari aperti d'oriente, che il suo cuore poteva solo immaginare.

I suoi occhi, profondi come un abisso di sole, non guardavano più con severità al male.

Ora guardavano *lui*.

E Giairo riconobbe in quegli occhi la tenerezza di sua madre e il viso compassionevole di suo padre; erano gli occhi del fratello perduto ed erano gli occhi di Nathanael, che stava al suo fianco.

E certamente, come era certo l'alternarsi del giorno e della notte, Giairo vide che quelli erano gli occhi innamorati di Sara. E persino del figlio che non aveva mai conosciuto.

Guardando quel volto egli ritrovò l'amore che aveva perduto. Seppe che i suoi cari erano vivi, ed erano con lui, in quel momento, in quell'uomo, e tutta la solitudine e la tristezza, la rabbia che avevano abitato il suo cuore per anni, ora sembravano svanire, dissolte insieme ai fumi del male.

La luce si fece più intensa e Giairo vide oltre: qualcosa di più grande dell'amore dei suoi cari lo stava invadendo. Scoppiò in pianto.

Capì che ciò che avvertiva era l'amore di quell'uomo, l'amore che egli provava *per lui*, e per lui solo. Esso andava ben oltre la somma di singoli affetti della sua vita, superava qualsiasi cosa avesse mai provato, qualsiasi amore avesse mai vissuto.

Fu allora che ricordò come Legione lo avevano chiamato: Figlio di Dio.

Voltò il capo verso Nathanael, finalmente libero di guardarlo. Anche lui aveva aperto gli occhi. Anche lui piangeva. Anche lui aveva compreso.

Dio, quel Dio da lui così odiato, che per tanto aveva rinnegato, non li aveva abbandonati. Era venuto fin lì, aveva mandato suo Figlio, perché li salvasse.

Come sentendo i suoi pensieri, l'uomo, il Figlio di Dio, sorrise.

Poi la sua bocca si aprì, i suoi occhi si fecero duri e le sue parole si rivolsero nuovamente, e per l'ultima volta, a Legione: "*Andate!*" ordinò.

Vi fu una nuova esplosione di luce e fuoco e un turbine di vento nero si liberò dai corpi dei due uomini, gettandosi lontano, oltre lo splendore irradiato dall'uomo. Giairo sentì quel male attraversare la sua pelle con dolore e le sue grida si confusero con quelle dell'amico. Erano come le ultime grida di un parto.

Poi un lampo cancellò ogni cosa dai loro occhi in una impenetrabile luce bianca, lasciandoli a terra, l'uno accanto all'altro, accecati.

Sentirono un gran rumore di zoccoli e grugniti correre verso di loro come una frana. La mano di Giairo cercò a tentoni quella dell'amico. Trovatala, la strinse con forza e sentì nella stretta di Nathanael la sua stessa paura, mentre il rumore del branco in corsa li oltrepassava, mescolandosi alle grida della gente nel panico e facendo tremare la terra, finché non vi fu un intenso fragore di onde e schiantarsi d'acqua e i gemiti delle bestie si sovrapposero ai gorgoglii del mare in un miscuglio inquietante di lamenti straziati.

I grugniti liquidi e soffocati dei maiali si confusero con lo sciabordio delle onde per alcuni orribili minuti, mentre i gorgoglii si attutivano sempre di più, fino a quando ogni suono scomparve e non si udì nient'altro che il rumore della risacca.

Quando anche le grida di sgomento si furono calmate e fu tornata la quiete, Giairo e Nathanael erano ancora rannicchiati a terra, tremanti e con gli occhi chiusi.

Ciascuno teneva stretta la mano dell'altro.

11

Due mani si poggiarono sulle loro schiene nude.

"Coraggio" disse una voce familiare. "È tutto finito".

Giairo tirò su la testa, spaventato. E senza smettere di lasciare la mano dell'amico, si strinse a lui, sollevando il busto da terra. Non osava aprire gli occhi. Quanto era avvenuto solo poco prima dinnanzi a loro, in quella visione di luce e splendore, aveva assunto ora le sembianze di un sogno. Temeva di scoprire che nulla fosse stato reale.

"Apri gli occhi Giairo" sentì Nathanael chiamarlo, la fronte appoggiata stanca sulla sua schiena, la stretta ancora salda nella sua. "Stai tranquillo. È finita davvero".

La mano che era appoggiata sulla sua spalla si staccò per posarsi sul suo viso. Giairo capì che era la stessa. Per un attimo il ricordo delle dita gelide di Legione strette sul suo volto gli attraversò la mente ed ebbe un fremito. Poi vide che il tocco di quella mano era molto diverso. Gli ricordò le carezze che suo padre gli dava da bambino, quando era ancora abbastanza piccolo da poterle chiedere senza timore.

E di nuovo quella voce accogliente, nuova eppure familiare, gli parlò. "Giairo," disse "non avere paura".

Finalmente aprì gli occhi.

Un uomo con indosso una veste di tela grezza gli stava dinnanzi, piegato su di lui e lo guardava con tenerezza e apprensione.

Giairo lo riconobbe: era l'uomo splendente della sua visione, colui che li aveva liberati.

La sua pelle ora non brillava più e le sue vesti erano semplici e bianche.

Sembrava solo un uomo.

Possibile che avessero visto lui? Quel semplice uomo, poteva essere un pescatore come loro. Lui, il Figlio di Dio?

Giairo confuso e in parte deluso, si voltò, allontanando il suo viso dalla mano dell'uomo, mentre Nathanael scostava il capo dalla sua schiena.

I due si guardarono.

Giairo cercava negli occhi dell'amico una conferma, temendo di avere sognato ogni cosa.

Nathanael colse il suo smarrimento, ma non capiva cosa lo turbasse. Legione non sarebbe tornato, ne era sicuro come lo era del calore che il sole lasciava sul suo corpo e che non avvertivano da un'eternità.

Erano liberi, non contava altro.

A quel pensiero un impeto di gioia gli risalì forte dal petto e prima che potesse controllarsi, Nathanael scoppiò a ridere.

L'amico per un momento lo fissò, temendo fosse impazzito.

Vedendo la sua espressione sconcertata

Nathanael rise ancora di più.

Poi, nonostante lo smarrimento iniziale, Giairo si accorse che quella risata gli dava sollievo. Quel suono dimenticato era pregno di una luce lontana, la luce dei giorni che avevano preceduto la loro tragedia, quando andavano insieme a pescare e guardavano le stelle immaginando di contarle, dopo essere stati a casa, con Sara, dinnanzi al focolare.

Sara...

Trasportato da quel suono, la sua mente andò a una delle sue ultime immagini, mentre affaccendata nell'orto, cadeva all'indietro. Anche lei allora aveva riso della propria goffaggine.

Quel ricordo lo travolse e ripensandola lì, sorridente nel sole, qualcosa accade.

Prima che se ne accorgesse anche Giairo era scoppiato a ridere.

La sua vista si appannò e sentì le labbra pizzicare. Capì con stupore di stare anche piangendo. Vide le stesse lacrime solcare il viso dell'amico. Piangevano e ridevano, in un miscuglio inestricabile di gioia e dolore per quei giorni lontani, quando Sara era ancora viva, e per la libertà di poter di nuovo ridere insieme, anche ora che lei non c'era più.

I due appoggiarono l'uno la testa sulla spalla dell'altro, ancora a terra, nell'ombra di un abbraccio stanco, continuando a singhiozzare e ridere, felici.

Attorno a loro Giairo sentì mormorii spaventati, e si ricordò che non erano soli. La gente temeva che i demoni alla fine li avessero privati del senno.

Quelle frasi a mezza bocca, invece di frenarlo, lo fecero ridere ancora di più, contagiando l'amico.

Aveva dimenticato cosa significasse ridere, cosa volesse dire essere felici. O forse non lo aveva mai saputo davvero. Ringraziò Dio per quella gioia spontanea. E ringraziò in cuor suo anche per il dolore, che parlava comunque dell'assenza di una gioia, che quindi un tempo doveva esserci stata e di cui, ora se ne rendeva conto, non aveva saputo essere grato fino in fondo quando ce l'aveva. Ma avrebbe rimediato.

Lui, Giairo di Gadara, stava ringraziando Dio per ogni cosa.

Quando la tensione si fu liberata e le risate si furono quietate, i due amici si sciolsero da quell'abbraccio di fortuna e fu come se si guardassero per la prima volta. Venuta meno l'euforia, si resero conto all'improvviso di essere nudi in mezzo a una folla di estranei.

Una sensazione tremenda di disagio li colse. Tutto del loro aspetto diceva degrado e umiliazione: i visi smunti, gli occhi incavati, i corpi scheletrici. Barba e capelli crescevano disordinati, divorando i loro lineamenti. Subito tentarono di coprirsi.

Giairo alzò lo sguardo, allarmato e vide l'uomo vestito di bianco sorridergli. Si erano dimenticati anche di lui. Per tutto il tempo era rimasto in piedi, vicino a loro. Sembrava godesse della loro allegria. Anticipando la richiesta nei loro occhi, lo straniero aveva già fatto cenno ai suoi di avvicinarsi, cosicché quelli che erano più prossimi avevano fatto un cerchio per coprirli alla vista.

"Conduceteli in acqua e aiutateli a lavarsi" disse. Poi si rivolse alla folla dietro di sé a voce più alta. "Se qualcuno ha un'altra tunica o un mantello li porti qui, perché questi uomini possano vestirsi".

Subito quelli attorno a loro li aiutarono ad alzarsi, prendendoli per le braccia. Giairo e Nathanael si profusero in un coro di gemiti, a causa della debolezza. Solo mettersi in piedi richiese uno sforzo immane. Mentre li conducevano lentamente verso la riva, Giairo osservò da sopra le loro spalle l'uomo vestito di tela correre verso le barche in secco. Egli aveva parlato agli altri come chi ha autorità, tuttavia i suoi modi erano gentili, come se non pretendesse mai. Lo vide sporgersi dentro una delle barche per tirarne dal fondo un mantello marrone.

Giairo si sorprese a pensare che gli ricordava i bambini, quando non stanno nella pelle per rendersi utili. L'immagine di splendore della sua visione si sovrapponeva a quella figura semplice in un modo che gli era difficile a comprendere.

"Chi è quell'uomo?" chiese.

Uno di quelli che lo accompagnavano, un tipo bassino, dall'aspetto un po' malandato e con una folta barba, lo guardò scandalizzato. "Come, *chi è?*" rispose sgarbato. "Vuoi dirmi che non lo conosci? È Yeshua, il Nazareno. È venuto a liberare il popolo di Dio!"

Dalla perentorietà dell'affermazione Giairo capì che altre domande sull'argomento sarebbero state inopportune.

"Cefa, siamo nelle terre pagane" lo riprese un altro, più giovane. "È probabile che qui non conoscano la fama del Rabbì".

Il piccolo uomo barbuto sbuffò, poco convinto.

Nathanael e Giairo si scambiarono uno sguardo perplesso.

"Io sono Johanna" si presentò il giovane. "Noi tutti siamo discepoli di Yeshua, il Rabbì".

Giairo cercò di recuperare nella sua memoria il significato di quella parola ebraica. Ricordatosi che significava 'maestro', annuì, lasciando che fosse Nathanael a dire i loro nomi. Troppe cose erano accadute e troppo in fretta. Aveva bisogno di restare in silenzio.

"Noi tutti crediamo che egli sia il Messia" continuò a spiegare il giovane. "Colui di cui parlavano i nostri profeti, e che Dio ha mandato per liberarci".

"Perché perdi tempo a spiegargli simili cose?" chiese un altro, brusco. Era un uomo dal viso bello, scuro di carnagione come un ismaelita. "Sono pagani, dovremo lavarci anche noi dopo averli toccati".

"Se il Rabbì li ha liberati...".

"Il Rabbì dovrebbe fare attenzione a chi frequenta!" lo interruppe l'altro con veemenza. E aggiunse abbassando la voce. "Si sta facendo troppi nemici. E sinceramente anche io a volte non capisco perché sprechi il suo potere dietro a gente di nessun conto".

"È la stessa cosa che ho pensato io quando ha chiamato te" disse Cefa.

La battuta generò qualche risata. Per tutta risposta Juda li abbandonò sulla riva, risalendo verso il sentiero.

"Non dategli retta" intervenne Johanna. "Il Rabbì è potente a sufficienza per tutti. Ma questo voi lo sapete già".

Erano arrivati all'acqua e, immersi fino al polpaccio gli uomini li stavano facendo sedere sul fondo basso.

"Nemmeno io lo capisco sempre, il Rabbì" confessò Cefa, mentre cercava di frizionare malamente la schiena di Nathanael con un sasso levigato. Dalla faccia dell'amico, Giairo capì che non doveva essere per nulla piacevole. "Però che sia potente è sicuro. Persino i venti gli rispondono. Ieri notte ha comandato a una tempesta di fermarsi"

"Come dici?" Nathanael sgranò gli occhi. "A una tempesta?"

"Certo" annuì l'altro. "Senza, di lui saremmo morti tutti".

"È la verità" disse Johanna.

La grandezza di quella rivelazione fu sufficiente a zittire tutti per un po'. Giairo ne fu felice. Mentre lavavano via il fango e il sangue rappreso dalle loro ferite, già sorprendentemente rimarginate, l'uomo continuava a pensare a quanto era avvenuto.

Non conosceva a sufficienza la religione ebraica né aveva compreso fino in fondo ciò che quegli stranieri avevano detto loro su Yeshua, ma sapeva ciò che il Rabbì aveva fatto per lui e questo gli bastava.

Decise che, prima che il sole fosse tramontato, si sarebbe unito ai suoi discepoli.

Guardò Nathanael, perso in quel momento nell'osservare l'acqua del lago e un timore lo colse. Sperò con tutto il cuore che anche l'amico condividesse la sua scelta, perché in caso contrario le loro strade si sarebbero separate.

Lui non avrebbe rinunciato a seguire il Maestro.

12

Un po' più su della riva, appena sopra la strada dove la gente campeggiava, commentando piena di stupore quanto era avvenuto, Urìa stava rannicchiato contro il tronco dell'ulivo che gli faceva da nascondiglio, ancora troppo sconvolto per fare qualsiasi cosa. Nei suoi occhi erano impresse le immagini di quegli avvenimenti straordinari.

L'arrivo dei due indemoniati, la paura della gente, la sicurezza con cui l'uomo chiamato Maestro li aveva affrontati. Urìa aveva ascoltato il dialogo fra la Legione di demoni e l'uomo e aveva visto come solo il suono delle sue parole avesse liberato i due uomini dalla maledizione. Apparentemente nulla era cambiato: l'uomo era rimasto al suo posto e con calma e decisione aveva dato i suoi ordini. I corpi dei due uomini prima scossi dalle urla si erano riversati a terra. Tutto era avvenuto con una semplicità disorientante.

Ma poi il Maestro aveva scacciato i demoni nel branco di maiali ed essi, rompendo il recinto, si erano rovesciati furiosi giù per la collina, fino a gettarsi nelle acque del lago e annegare, con grande paura della folla che aveva urlato scostandosi al loro passaggio. Mentre questo avveniva, se i suoi occhi non poterono vedere altro, il suo cuore aveva colto, però, la potenza di quanto avvenuto.

Restò immobile ancora per un po'. Poi si alzò in piedi di scatto, colto da una improvvisa consapevolezza.

I maiali!

I maiali che *lui* doveva custodire, giacevano ora in fondo al lago, buoni nemmeno per fare da cibo ai cani.

E ora, chi glielo diceva al padrone?

Si voltò e risalì la collina a grandi passi verso il recinto divelto. Nel frattempo, vedendolo da lontano, un altro dei mandriani gli si fece incontro di corsa. Si chiamava Achis e dal suo sguardo Urìa capì che doveva essere giunto in tempo per assistere a quanto era accaduto. Sollevato al pensiero di avere un testimone che potesse confermare la sua storia, il ragazzo lo raggiunse.

"Sono contento che tu sia qui!" disse. "Dobbiamo correre a Gadara ad avvertire di quanto è avvenuto, che i due indemoniati sono stati liberati da un giudeo! E poi bisognerà dire al padrone... *del branco*". Un brivido di paura lo percorse al pensiero di come egli avrebbe reagito.

L'altro guardiano annuì, ancora troppo sconvolto per rispondere e i due si precipitarono subito verso il villaggio, tagliando attraverso le colline per impiegare meno tempo.

Urìa non sapeva se avere più paura per ciò che aveva visto o per la sorte che gli sarebbe toccata una volta che il padrone avesse saputo.

Arrivati a Gadara imboccarono la via principale e, senza pensare, iniziarono a gridare alle persone per strada di venire, che un prodigio era avvenuto: i due indemoniati erano stati liberati!

In un primo momento la gente, colta alla sprovvista, non sapeva se dar conto ai due uomini. Poi molti, vista la loro agitazione, decisero di andare a vedere se quanto dicevano fosse vero. Si avviarono quindi per la strada che conduceva al cimitero. Fra loro vi erano anche quelli che per primi avevano provato a incatenare i due indemoniati.

Lungo la via il racconto dei due mandriani, ancora sovraeccitati per ciò a cui avevano assistito, si arricchì di nuovi particolari di fantasia e supposizioni che trasmessi dai primi accorsi al richiamo, a quelli che si andavano aggiungendo lungo la strada, arrivarono a deformare i fatti, tanto da far intendere agli ultimi arrivati che un potente stregone ebreo avesse lanciato un incantesimo, scagliando addosso agli indemoniati un branco di porci.

Nei giorni seguenti, Urìa ne era sicuro, mille versioni diverse dell'accaduto si sarebbero diffuse al villaggio e nelle terre circostanti, ma in quel momento si augurò solo che la versione adeguata a frenare l'ira del suo padrone giungesse alle sue orecchie.

Quando il piccolo drappello di persone arrivò sul luogo, trovò la folla che era venuta con il Maestro seduta tra la strada e la collina, in un largo semicerchio. Al centro, l'uomo vestito di tela chiara stava seduto su una roccia e parlava alla folla, mentre ai suoi piedi c'erano i due che tutti a Gadara avevano visto in preda all'assalto dei demoni.

Essi erano puliti, vestiti e parlavano normalmente rispondendo alle domande che venivano loro fatte.

Urìa noto che uno dei due portava sulle spalle il mantello del Maestro. Tranne che per la grande stanchezza sui volti, niente in loro pareva ricordare il male che li aveva posseduti.

Subito i Gadareni rimasero sconvolti a quella vista.

Essi capirono quale grande potere si fosse manifestato lì e non appena compresero chi fosse stato a liberare i due uomini ne furono spaventati. Molti tornarono indietro di corsa, a richiamare altri perché vedessero. Per quanto fossero felici di sapere che quegli uomini non avrebbero più nuociuto a nessuno, il potere dello straniero incuteva loro timore e si diffusero presto mormorii di paura tra quelli che erano rimasti: volevano che se ne andasse.

Il Rabbì nel frattempo, non curandosi di loro, continuava a parlare dell'amore di Dio, facendo continuamente riferimento ai due uomini liberati seduti ai suoi piedi.

Vennero altri da Gadara e anche loro, vedendo i due indemoniati finalmente liberi, parlare e sorridere alla gente, si spaventarono. Si tenevano in disparte rispetto al folto gruppo di stranieri, ma il loro numero andava aumentando e anche se parlavano sottovoce per non essere uditi, ben presto i mormorii divennero via via più forti, fino a quando alcuni fra gli stranieri iniziarono a chiedere loro di fare silenzio, poiché facevano fatica ad ascoltare il Maestro.

Allora Achis, propose che Urìa si facesse loro portavoce, chiedendo allo straniero di andarsene. La proposta fu accolta da un brusio di consensi generali.

Urìa fulminò con lo sguardo l'altro e avvicinatosi gli disse piano: "Cosa stai dicendo? Non lo farò. Non ho la minima intenzione di farmi portavoce di nessuno!"

Allora Achis, che era più grande e robusto, lo guardò minaccioso e accostata la bocca al suo orecchio, gli intimò: "Sei il più giovane di noi e non puoi permetterti di alzare la testa con me che ho moglie e figli e diversi anni più di te! Ora tu vai e mandi via lo straniero o non testimonierò in tuo favore con il padrone! Vedrai che ti converrà: la gente ricorderà che, grazie a te, questo stregone dai misteriosi poteri ha lasciato la nostra terra. Forse anche il padrone sarà più bendisposto e ti risparmierà le frustate che meriteresti per aver permesso che il suo branco venisse sterminato".

Urìa, sentendo nominare l'ira del padrone perse ogni spavalderia. Avrebbe voluto ricordare ad Achis che la responsabilità del branco era anche sua, visto che anche lui era stato presente quando esso si era gettato in mare, ma sapeva che non sarebbe servito a nulla: come l'altro gli aveva ricordato, la sua parola non valeva niente di fronte a quella di un uomo più grande.

Rassegnato fece un cenno di assenso e si fece avanti fra gli sguardi impazienti della sua gente e quelli infastiditi degli stranieri. Poteva sentire la sua faccia infiammarsi, via via che si avvicinava.

Non si trattava solo dell'imbarazzo a parlare davanti a tante persone. Egli non trovava giusto mandare via lo straniero. Cosa aveva fatto di male quel giudeo, se non liberarli da un peso per la comunità e aiutare due uomini tormentati? Anche lui era intimorito da quel potere grande che aveva visto all'opera, ma sentiva, in fondo, che quell'uomo non poteva essere pericoloso. Pur non sapendo dire il perché, Urìa capì di non volere che egli se ne andasse. Era affascinato dalla sua persona e avrebbe voluto saperne di più su di lui.

Ma la minaccia delle frustate del padrone evocate da Achis era più forte della curiosità.

A fatica superò lo spesso semicerchio di persone sedute a terra, cercando di assumere un atteggiamento che sembrasse il più sicuro possibile. Poi, quando fu prossimo all'uomo vestito di bianco l'imbarazzo lo assalì, mentre calava il silenzio fra stranieri e Gadareni.

L'uomo distolse lo sguardo da quelli con cui stava parlando e lo guardò incuriosito.

Il ragazzo deglutì, teso.

"Noi... ehm, sì...".

Nessuno parlò e Urìa credette di sprofondare, maledicendosi per la propria incapacità.

Chiuse gli occhi e riprovò. "Salute a te, straniero" la frase di senso compiuto lo incoraggiò e riuscì a proseguire a voce più alta. "Siamo molto felici di vedere che hai liberato questi due uomini posseduti, dal male che li tormentava" disse solenne. "Essi facevano paura e seminavano terrore nella regione" colse un luccichio negli occhi dei due uomini seduti a terra, i quali distolsero lo sguardo.

Urìa perse all'istante ogni solennità.

Dire quelle cose con i due presenti non era stata un'idea molto felice. Se ne dispiacque, ma ormai doveva proseguire.

"Tuttavia" continuò esitante, "il tuo è un potere che, ecco... ci spaventa. Perciò, a nome della mia gente, ti chiedo di tornare nella tua terra" fece per voltarsi e andarsene più in fretta che poteva, quando incrociò lo sguardo minaccioso di Achis alle sue spalle. L'uomo gli fece un cenno eloquente con la testa. Si voltò di nuovo. "Ah, sì. Ti chiediamo di portare con te anche tutte queste persone" quando fece di nuovo per andarsene l'altro mandriano lo fulminò nuovamente.

Resta lì, mimò con le labbra.

Urìa lo avrebbe ucciso! Rimase lì impalato, nel mezzo del semicerchio a morire di vergogna. Abbassò gli occhi, umiliato dalle sue stesse parole, le braccia lungo i fianchi, aspettando di ricevere la risposta indignata del giudeo, mentre mormorii di disapprovazione si diffondevano fra gli stranieri.

Dopo un po' vedendo che la risposta non arrivava, Urìa non poté fare a meno di alzare lo sguardo per capire cosa accadesse. Fu stupito nell'accorgersi che il Maestro stava sorridendo e che nei suoi occhi non vi era la minima indignazione. Anzi pareva quasi divertito. Il ragazzo si sentì stupido al pensarlo, ma ebbe la sensazione che l'uomo avesse intuito con chiarezza che quelle parole non erano sue.

L'uomo dette uno sguardo alla gente di Gadara raggruppata sul fondo della strada, alle sue spalle e riportò lo sguardo su di lui, scrutandolo.

"Sì" rispose infine. "Come volete. Ce ne andremo subito".

Il mormorio di discepoli e Gadareni aumentò fino diventare un vero e proprio vociare, d'indignazione per alcuni, di sollievo per altri.

Il Maestro si alzò e fece cenno ai suoi di seguirlo alle barche. "Avete sentito. Coraggio, alzatevi. Ciò che dovevamo fare qui, è stato fatto".

Giairo vide Yeshua alzarsi e un moto d'ansia lo colse. Guardò il ragazzino che era venuto a dirgli di andarsene. Aveva un aspetto mingherlino e dai suoi occhi era evidente il disagio che provava nell'essersi fatto portavoce della comunità. Guardò i visi sollevati dei Gadareni in fondo alla strada e intuì che essi, da codardi, avevano costretto il ragazzo contro la sua volontà. Tuttavia non riusciva a provare compassione per lui. Né per loro. Che male aveva fatto quell'uomo, se non liberarli da un destino di dannazione? Era necessario umiliarlo così?

E ora, dopo le parole del ragazzo, tutti si muovevano in fretta. Sembravano desiderosi di andare via. Probabilmente alcuni lo erano. L'agitazione della gente si trasmise a lui: Yeshua si era appena allontanato di qualche metro e il panico lo aveva colto. Guardò Nathanael con occhi preoccupati e vide che anche lui non era felice che l'uomo se ne andasse. Entrambi si alzarono in piedi, agitati.

Giairo si avvicinò all'amico e gli parlò in modo che solo lui potesse sentirlo.

"Non voglio che il Rabbì se ne vada, ma non posso impedirlo. Ci ho pensato e io…" Giairo non riusciva a dirlo. Temeva la reazione dell'amico, temeva che lui non volesse seguirlo. Non voleva separarsi da Nathanael e tuttavia non avrebbe rinunciato ad andare con Yeshua.

Come se avesse scrutato il suo cuore, Nathanael lo anticipò.

"Anch'io" disse.

"Come?" Giairo si trattenne dal gioire, per timore di aver frainteso.

"So cosa vuoi dire. Anch'io voglio andare con lui" spiegò l'altro. E sorrise. "Insieme a te".

Giairo fu così felice al sentire quelle parole che per un attimo non seppe fare altro che annuire radioso. Poi, resosi conto dell'urgenza della situazione, guardò Yeshua che nel frattempo era disceso sulla riva e stava aiutando le persone a salire nelle barche. Dette un'occhiata d'intesa a Nathanael, dopodiché si precipitarono giù entrambi, di gran foga, verso di loro.

Mentre correvano lungo il pendio, Giairo si rese conto di quanto fosse incredibile il modo in cui il loro fisico si stava riprendendo in fretta. Già rispetto solo a un'ora prima, quando non riuscivano quasi a camminare, sembrava fossero passati mesi di cure e di riposo. Le energie fluivano libere e forti nei loro corpi.

Arrivati all'insenatura tra gli scogli dove gli stranieri avevano lasciato le barche, i due si fecero largo tra la gente che pareva ormai essersi dimenticata di loro. Con un po' di fatica riuscirono a raggiungere Yeshua, che era di spalle e stava aiutando una donna anziana a prendere posto tra le persone. Alcune barche, già cariche, si erano allontanate dalla riva e attendevano un po' distanti di essere raggiunte dalle altre, per remare insieme verso l'altra sponda del lago.

Il sole ormai era alto nel cielo e faceva risplendere la superficie piatta dell'acqua con mille riflessi di luce. L'aria si era fatta più calda e la brezza non soffiava più come di mattina.

Giairo e Nathanael rimasero qualche istante fermi, stretti e spintonati tra la folla, dietro Yeshua, incapaci di interromperlo in quello che stava facendo. Con lui, alcuni tra quegli uomini che li avevano lavati e vestiti stavano aiutando altri a salire sulle imbarcazioni. Nel giro di pochi minuti, tra spallate e vociare, rimasero solo due barche da riempire.

Non c'era più tempo. Giairo guardò l'amico e

dopo un suo cenno di assenso si fece coraggio e chiamò.

"Rabbì!"

Yeshua si voltò con uno sguardo di sorpresa negli occhi. Probabilmente non si aspettava di sentirsi chiamare nella sua lingua, da uno straniero.

Giairo riprese: "Rabbì, io e il mio amico vorremmo parlarti".

"Certo" rispose quello sorridendo. Si voltò verso l'uomo chiamato Cefa e gli gridò "Occupati di questi ultimi!" indicando quei pochi rimasti ancora a terra. E detto questo si allontanò in disparte con i due uomini.

"Vi avrei salutato prima di andare" disse gentile. "Cosa posso fare per voi?"

"Rabbì" ripeté Giairo "Noi…" guardò Nathanael cercando sostegno. "Noi vorremmo venire con te".

L'uomo sorrise e rimase per un momento in silenzio. Spostò il suo sguardo su Nathanael e gli chiese: "Anche tu vuoi seguirmi?"

"Sì" rispose quello emozionato. "Vogliamo diventare tuoi discepoli. Come gli altri!"

Anche a quelle parole la risposta di Yeshua fu un sorriso. Distolse lo sguardo come se meditasse. Per un tempo che ai due parve infinito stette senza parlare, guardando i riflessi del sole sul lago, mentre dietro di lui gli ultimi uomini prendevano posto sulle imbarcazioni.

Alzò lo sguardo verso il cielo: sembrava che stesse ascoltando qualcosa. Né Giairo né Nathanael ebbero il coraggio di dire nulla.

Alla fine si rivolse nuovamente a loro e dai suoi occhi capirono ciò che aveva deciso.

"Mi dispiace" disse con dolcezza. "Non potete venire con me. Non è a questo che siete chiamati" sul suo viso vi era commozione e pena, come se intuisse il dispiacere che quel rifiuto avrebbe provocato, quasi lo provasse egli stesso.

Poi facendo una cosa che i due non avrebbero mai dimenticato si fece loro vicino e tirandoli a sé li abbracciò, salutandoli come amici.

Giairo era impreparato a quel gesto. Rimase un istante rigido, le braccia lungo i fianchi. Si accorse di stare trattenendo il fiato. Sentiva il respiro quieto del Maestro premere contro il suo petto, la sua mano sulla sua schiena, mentre la sua testa rimaneva fra le loro. Accanto a lui, invece, Nathanael si abbandonò come un bambino, incrociando il suo braccio con quello del Maestro sulla schiena di Giairo. Incoraggiato, l'altro riprese a respirare, e lentamente si permise di stringersi a Yeshua, adagiando impacciato la testa nell'incavo della sua spalla. Chiuse gli occhi e si rilassò sempre di più, finché non ebbe la sensazione di essere fra le braccia di suo padre, con il fratello accanto. Una sensazione di pace lo avvolse.

E fu come uscire dal tempo.

Stretto a Yeshua con Nathanael al suo fianco, per la prima volta dopo anni Giairo si sentì di nuovo al sicuro. Non doveva difendersi. Non doveva temere di dare fastidio. Non doveva temere nulla al mondo.

Fu fin troppo breve.

L'istante dopo la consapevolezza che quel momento stava per finire lo aggredì improvvisa. Il cuore non resse. Sentì gli occhi bruciargli, si strinse all'uomo ancora di più, quasi con violenza, aggrappandosi alla sua veste, nascondendo il viso contro il suo collo. Scoppiò a piangere. Non voleva lasciarlo andare. Con stupore si accorse che Yeshua rispondeva a quella stretta, senza rifiutarla, stringendo a sua volta di più. Questo lo riempì di gioia, e al tempo stesso aumentò il dolore per l'imminente distacco. Al suo fianco avvertiva la spalla di Nathanael contro la sua scossa da singulti. Anche lui ora stava piangendo.

Era incredibile come quei pochi istanti condivisi con quell'uomo li avessero legati a lui. Non capiva come fosse possibile che anch'egli soffrisse nel separarsi da loro. Lui li aveva liberati, ma loro cosa avevano fatto per meritarsi il suo affetto?

Mentre singhiozzavano stretti gli uni agli altri, sia Giairo che Nathanael seppero con certezza che la nostalgia di quell'abbraccio li avrebbe accompagnati per tutta la vita.

"Coraggio" lo sentirono mormorare. "Non vi lascio soli. Non siete mai stati soli. Dio vi ha dato tutto ciò di cui avete bisogno". Con riluttanza, la stretta si allentò, le dita smisero di premere sulle loro schiene, le mani scivolarono via e i tre si separarono. Giairo guardò il viso di Yeshua e si sorprese nuovamente nel vedere che anche lui aveva gli occhi lucidi.

"Maestro…" biascicò. "Di che parli?"

Yeshua si voltò verso i suoi che lo attendevano sulla barca, poco distanti, e il suo sguardo incontrò quello dell'uomo chiamato Juda. A Giairo parve di scorgere un'ombra sul viso del Rabbì, mentre l'altro distoglieva gli occhi. "Io li amo tutti, sapete? Questa è la ragione stessa della mia vita" disse. "Ma amarli significa accettare di soffrire per loro".

"Rabbì… io non capisco".

Si voltò di nuovo e ogni ombra di tristezza sembrava svanita dal suo sguardo. "Davvero, Giairo? Eppure proprio tu dovresti saperlo. Chi ama di più, soffre di più a causa di coloro che ama. Per questo chi non accetta di soffrire in questo mondo, non accetta nemmeno di amare. Chi fugge dal dolore non crede che vi sia qualcosa in grado di superarlo. Ma così facendo fugge la vita stessa" Yeshua stette in silenzio fissandolo e l'altro capì. "Se cerchi di custodire la tua vita dal dolore, in realtà la perderai. Perché perderai ogni occasione di amare davvero".

Quelle parole lo scrutavano nell'intimo. Davanti ad esse Giairo era nudo.

Era così: lui si era chiuso al mondo per paura di soffrire. Aveva smesso di essere grato per l'amore che aveva, guardando a quello che gli era stato tolto. Aveva temuto il dolore e così gli aveva dato potere. Aveva chiamato a sé Legione, nell'illusione che la vendetta avrebbe fermato il male che sentiva. In questo, Legione non aveva mentito: Giairo aveva già iniziato a morire molto prima del suo arrivo.

Non si chiese nemmeno come il Maestro lo sapesse. Semplicemente era così.

"Rabbì, andiamo?" Cefa lo chiamò dalla barca, impaziente.

Il Maestro fece cenno di attendere ancora un istante, e i due avvertirono una stretta al cuore.

"Yeshua..." Giairo era di nuovo sul punto di implorarlo.

"Giairo, non devi più temere di soffrire" l'altro lo interruppe, sapendo che non avevano più molto tempo. "Nessuno uomo è fatto per soffrire. Né per morire. Un giorno questo finirà. Ma fino ad allora chi sceglie di amare ha già vinto ogni dolore. Già oggi. Io sono qui per questo. Poiché *forte come la morte è l'amore*" fece una pausa e il suo sguardo si soffermò su Nathanael, che ora appariva sconsolato, il viso rosso per il pianto. Poi tornò a rivolgersi a Giairo. "Per questo vi ho detto che non vi manca nulla: voi conoscete l'amore più grande che Dio ha dato agli uomini. Chi ha quello, ha Dio. Nessuno infatti ha un amore più grande di chi dà la vita per i propri amici" di nuovo un'ombra gli attraversò il viso, come se quelle parole evocassero in lui qualcosa che andava al di là di quanto i due uomini potevano capire. Poi sorrise di nuovo e i due videro quanto gli costasse staccarsi da loro. "Amate così e mi avrete con voi, sempre. Ora lasciate che io vada".

D'istinto Nathanael fece per togliersi il mantello.

Yeshua lo fermò. "Tienilo tu. Io non ne ho bisogno". L'altro sapeva che non era vero, ma non insistette.

L'uomo li guardò un'ultima volta, in silenzio, soffermandosi a lungo su ciascuno, quasi volesse fissare i loro volti in mente, per paura di dimenticarli. Poi, senza dire altro, si voltò ed entrò in acqua, diretto verso l'ultima barca rimasta in mare.

Nathanael e Giairo lo guardarono smarriti, ancora scossi dai singhiozzi, mentre si faceva aiutare a salire da Cefa e Johanna.

A un tratto Giairo sentì il suo respiro farsi più affannato e il suo cuore battere più forte, in un ribollire di emozioni che lo assalirono.

Non poteva lasciarlo andare, non voleva. Doveva fermarlo!

Senza pensare corse, si gettò in mare e con le vesti bagnate arrancò verso di loro. Nathanael non fece in tempo a fermarlo che era già con l'acqua al petto e stava gridando: "*NO! Rabbì!* Non andare! Non voglio! Fammi venire con te!"

La barca beccheggiava scossa dalle onde che il suo tuffo aveva provocato. Gli uomini a bordo, preoccupati, guardavano lui e Yeshua senza sapere cosa fare. Giairo si fece vicino al bordo e vi si aggrappò, sbilanciando l'imbarcazione.

"Ti prego!" pianse implorando. "Permettimi di seguirti, non lasciarmi ora…".

Yeshua si avvicinò al bordo e mise la mano sulla sua, stretta al legno. "Giairo, hai tanto da fare qui per la tua gente" disse. "Va', torna a casa tua e racconta" poi la sua espressione si fece solenne e Giairo avvertì un fremito dentro di lui. "Racconta quello che Dio ha fatto per te".

In quel momento un riflesso di luce dall'acqua colpì negli occhi Yeshua e Giairo ebbe un sussulto.

Per un istante riconobbe in lui l'uomo splendente della sua visione. Si ricordò di ciò che aveva provato in quel momento, quando Legione era stato sconfitto dalla luce di quel volto. Quella gioia tornò a invaderlo e quanto era avvenuto si fece di nuovo chiaro, in tutta la sua Verità: lo splendore di Dio che riluceva in quella carne, e la potenza di quell'Amore che lo aveva raggiunto, liberandolo. Allora seppe con certezza che quanto aveva visto non lo aveva immaginato. Colui che aveva dinnanzi non era un semplice profeta, né un mago o un maestro.

Egli era davvero il Figlio di Dio.

Fu solo un momento. Poi tutto tornò normale.

Giairo batté le palpebre, confuso. Le sue dita lasciarono il bordo della barca, scivolando sotto quelle di Yeshua. L'uomo fece in tempo a dargli un'ultima carezza.

Gli altri iniziarono a remare.

E Giairo guardò colui che li aveva liberati svanire nei riflessi dorati del sole.

Dopo

13

Mentre ritornava a riva Giairo continuava a ripetersi le parole del Maestro.

Racconta quello che Dio ha fatto per te, così aveva detto.

Adesso sapeva. Adesso capiva. Quell'uomo gli aveva affidato una missione. Decise che solo per quello, da allora in avanti, avrebbe vissuto.

Giairo doveva testimoniare.

I suoi piedi toccarono il bagnasciuga, affondando nella sabbia tra i ciottoli. Alzò lo sguardo e quasi si stupì di vedere Nathanael poco più in là, fermo ad aspettarlo.

Mentre lo guardava, Giairo capì che quella era sempre stata la condizione della loro vita: lui che correva in avanti, guidato solo dai propri desideri e Nathanael dietro ad attenderlo, pronto non appena avesse avuto bisogno, non appena si fosse voltato.

Distolse lo sguardo e si sedette sulla battigia umida, fissando le barche ormai lontane, gli occhi socchiusi contro il riflesso del sole.

Nathanael gli si sedette accanto. Era ancora avvolto nel mantello nonostante il sole alto e l'aria ferma e tiepida. Non era per ripararsi dal freddo che continuava a tenerlo sulle spalle.

"Non sono un buon amico" disse all'improvviso Giairo, rompendo il silenzio.

"Come?" Nathanael lo guardò stupito.

"Non sono un buon amico" ripeté quello con

maggiore fermezza, senza distogliere lo sguardo dal mare. "Se solo Yeshua me lo avesse permesso, sarei salito su quella barca senza neanche voltarmi. Ero pronto a lasciarti qui. Lo avrei fatto" lo guardò. "Tu hai rischiato tutto ciò che avevi solo per starmi accanto. Mentre a me è bastato un attimo perché mi dimenticassi di te".

"Ma... Giairo, cosa dici?"

"È sempre stato così, da quando ci conosciamo. Io sull'orlo del baratro e tu pronto a salvarmi. E io? Cosa ho fatto io per te?" la voce gli tremava, il volto arrabbiato. "A volte mi chiedo perché tu mi sia rimasto accanto" si alzò in piedi e fece qualche passo sul bagnasciuga dandogli le spalle.

Nathanael lo fissava addolorato. "In tutti questi anni" disse "non ti sono mai stato vicino per averne qualcosa in cambio"

L'altro si fermò.

"Mai" riprese l'amico, calmo. "E tuttavia non ti sarei rimasto accanto così a lungo se non avessi creduto nel tuo affetto".

Per un momento lo spazio fra i due fu riempito solo dal rumore della risacca.

Giairo si voltò di scatto, serio. "Perché mi giustifichi sempre?"

"Perché ti voglio bene, Giairo" la sua voce suonò triste. "E so quanto ti sia sempre stato difficile distogliere lo sguardo dal tuo dolore" si alzò in piedi. "Non fa niente. Io so di essere importante per te. Anche quando non lo sento. Lo so".

"Ma non è giusto...".

"Ho imparato a leggere i tuoi modi. La cosa più grande che tu abbia mai fatto per me è stato permettermi di starti accanto. Tu mi hai permesso di essere importante quando la mia vita non lo era per nessuno" esitò, sorridendo. "Quanto al fatto che eri pronto a lasciarmi per seguire Yeshua... be', la verità è che sei stato solo più veloce di me!"

A quelle parole anche l'altro non poté evitare di sorridere.

"Credimi" insistette Nathanael. "Ti assicuro che anche io ho avuto lo stesso impulso. Chi non lo avrebbe avuto? Credo che nelle medesime condizioni chiunque avrebbe fatto di tutto per seguire quell'uomo".

Giairo annuì e si soffermò a guardare la risacca giocare con i suoi piedi. "Ma perché lo hai fatto?" alzò gli occhi. "Perché hai chiesto a Legione di coinvolgerti? Tu non avevi colpa".

"Giairo..." il tono di Nathanael era amareggiato come se la sola domanda lo indignasse. "Pensavo avessi capito ormai. Io non gli ho chiesto di coinvolgermi: io ero *già* coinvolto. Cosa importa se avevo colpa o no? E tu forse ne avevi?"

Giairo abbassò nuovamente gli occhi addolorato.

Sì, lui ne aveva. Lui si era venduto per la rabbia e la disperazione.

Intuendo i suoi pensieri, Nathanael aggiunse: "Forse ne avevi, sì. Ma bastava questo perché io ti abbandonassi? La mia colpa sarebbe stata voltarti le spalle. Come puoi chiedermi perché l'ho fatto?"

a un tratto il suo tono si fece più duro, la voce più forte. "Tu sei mio fratello, Giairo! Come fai a non capirlo, dopo tanto tempo? Credi che avrei potuto vivere sapendo di non aver fatto tutto ciò che potevo per alleviare il tuo peso?"

"Ma era il *mio* peso..." disse piano.

"E il mio era vedere te, *schiacciato sotto di esso!*" Nathanael aveva gridato. Giairo lo fissava con gli occhi sgranati, impreparato a quella reazione. "Non capisci? Tutto quello che tocca te, tocca me! Non c'è stato un peso o un dolore nella tua vita che io non abbia avvertito come mio!" parlava concitato, i pugni stretti il viso arrossato. "Capisco che per gli altri la mia vita sia perfetta: tutti i membri della mia famiglia sono in vita, io sto bene, ho sempre avuto di che vivere... Ma coloro che a me erano più cari sono morti! Ed essi erano gli stessi cari al tuo cuore. Tu sei l'unica parte che mi resta di quella famiglia a cui ero più legato. Come puoi chiedermi perché? Se nella vita non combattiamo per le persone che amiamo, *per cosa viviamo allora?*" aveva il fiatone, il battito era accelerato, mentre le lacrime avevano ripreso a scorrere sul suo viso.

Giairo non lo aveva mai visto così sconvolto.

Gli tornarono in mente le parole di Yeshua, e il modo in cui egli aveva guardato Nathanael nel dirle.

Nessuno infatti ha un amore più grande di chi dà la vita per i propri amici.

E finalmente capì.

Quello era l'amore che aveva sempre avuto accanto. Nathanael era lo strumento attraverso cui Dio non aveva mai smesso di rendersi presente nella sua vita.

L'amico che aveva dato la vita per lui.

"Perdonami" disse, mortificato. "Anche per me tu sei un fratello. Il solo che mi rimane. Ma proprio per questo non mi perdonavo di averti trascinato in quest'incubo".

A quelle parole Nathanael sembrò rasserenarsi appena. Il respiro si calmò, chiuse gli occhi e distese i pugni. Quando parlò di nuovo il suo tono era più calmo.

"Allora non chiedere perdono a me, ma a te stesso. Io non ho mai nutrito alcun rancore. Non sei stato tu a trascinarmi, sono io che ti ho seguito. È stata una mia libera scelta. Abbandonandoti sarei stato come morto. Sarebbe stato un incubo peggiore di qualsiasi cosa Legione mi abbia fatto dopo".

Giairo non sapeva che rispondere.

"Sara…" disse dopo un istante, la voce che gli tremava. "Mi mancava… Mi manca ancora".

Non l'aveva ancora mai detto da quando era morta.

Aveva bisogno di dirlo. Aveva bisogno di essere compreso per il suo gesto avventato.

Per essere perdonato.

Per perdonarsi.

Nathanael annuì. "Lo so" disse. "Manca anche a me" la voce si incrinò. "Ma ora sappiamo che non è perduta".

Giairo annuì, mentre le parole del Maestro gli risuonavano nel cuore: *Forte come la morte è l'amore.*

Ricordò la sua visione. I suoi cari vivevano ancora.

"Anche tu hai visto, vero?" chiese guardando di nuovo verso il punto in cui le barche erano scomparse alla vista. "Quando ci ha liberati, quando parlava a Legione?"

"Sì" rispose l'altro sicuro. "Anche io ho visto. E anche se non avessi visto, mi sarebbe bastato ciò che ha fatto. Solo il figlio di un dio avrebbe potuto liberarci da Legione" si strinse nel mantello, gli occhi socchiusi per il riverbero del sole. "Non mi importa se era una visione: io so che era vero. Più di tutto quello che i miei occhi hanno visto prima e dopo".

Giairo lo guardò di nuovo. "Grazie".

Nathanael scosse la testa. "Sono io che devo ringraziare te. Se non ti avessi seguito, non avrei mai scoperto che quel Dio a cui nel dubbio mi sono rivolto tante notti, pregando anche per la tua felicità, in realtà esiste e mi ama. E ama te. Non importa più quanto abbiamo sofferto per scoprirlo. Voglio solo che lo sappiano anche altri".

A un tratto Giairo si rese conto di quanto lo confortasse sapere di avere Nathanael al suo fianco in quella missione che il Maestro gli aveva affidato.

Va' e racconta ciò che Dio ha fatto per te.

Non avrebbe più dato per scontato un simile dono. L'amico era stato tramite dell'amore di Dio per lui.

Insieme avrebbero raccontato quanto Dio aveva fatto per loro.

Insieme sarebbero stati presenza di quell'amore per gli altri.

~

Animati da un nuovo entusiasmo i due risalirono il pendio fino alla strada e si stupirono nel vedere che molti tra i Gadareni giunti per vedere quanto era successo, si trovavano ancora lì: a quanto sembrava erano voluti restare fino alla fine per sincerarsi che gli stranieri se ne andassero davvero e ora stavano attendendo loro.

A conferma di quei pensieri la folla di persone, non appena li vide ritornare sulla strada, si riversò loro addosso, tempestandoli di domande.

Giairo si accorse di essere infastidito dalla loro insistenza e sul momento non volle rispondere a nessuno. Ricordava ancora come avessero mandato via Yeshua e la cosa lo irritava.

A un tratto, rispondere all'invito del Maestro appariva meno allettante: era *quella* la sua gente. Era a loro che doveva testimoniare.

Si chiese perché. La tentazione di non ritenerli meritevoli lo colse.

Poi guardò Nathanael e si ricordò che nemmeno lui meritava nulla di quanto aveva ricevuto. Nemmeno lui meritava di essere salvato.

Il ragazzo che si era fatto portavoce degli altri stava seduto in disparte, su una roccia vicino al ciglio della strada. Fissava con aria triste la terra battuta, i gomiti sulle ginocchia e la testa appoggiata a una mano.

Non appena lo vide, Giairo fu colto da un'ispirazione. Gli si avvicinò, sotto gli sguardi curiosi degli altri.

"Pace a te" disse.

Il ragazzo alzò la testa, sorpreso.

"Come?"

Giairo comprese che egli era stranito da quel modo di salutare, in uso presso i Giudei. Si rese conto che neanche lui lo aveva mai usato prima.

Che l'incontro con Yeshua lo avesse mutato così in profondità da cambiare anche quelle piccole cose di sé?

"Pace a te" ripeté con gentilezza. Accanto a lui, Nathanael lo salutò allo stesso modo.

Il ragazzo allora, che aveva visto da lontano il modo in cui i due si erano salutati col Maestro, si affrettò a giustificarsi. "Mi dispiace tanto! Io... non volevo mandarli via, ma..."

Giairo alzò la mano. "Non importa. Ho capito cosa è successo" tagliò corto. "Come ti chiami ragazzo?"

"Urìa, signore".

"Urìa..." ripete l'altro. Poi scambiandosi uno sguardo d'intesa con Nathanael, aggiunse. "Hai assistito a quanto è avvenuto qui oggi, Urìa?"

Il ragazzo annuì, esitante.

"E vorresti sapere cosa è accaduto veramente? Quello che i tuoi occhi non hanno visto? Vuoi sentire la nostra storia?"

A quelle parole il ragazzo sembrò illuminarsi. Era sollevato che i due uomini non fossero arrabbiati con lui e avrebbe davvero voluto saperne di più su tutta la vicenda.

"Certo signore!" rispose emozionato.

"Allora vieni con noi" disse Giairo. "Andiamo a Gadara. Abbiamo qualcosa da fare lì. Lungo la strada inizieremo a raccontarti".

Gli altri che erano presenti furono infastiditi dal modo in cui i due li stavano ignorando per dare conto a un ragazzino, e ricominciarono a tempestarli di domande.

Giairo si rivolse anche a loro.

"State calmi. Racconteremo la nostra storia a chiunque vorrà sentirla, non temete. Ora però dobbiamo tornare al villaggio".

E detto questo si avviò spedito con Nathanael e Urìa al suo fianco mentre gli altri li seguivano nervosi.

"Giairo, perché stiamo andando a Gadara?" chiese l'altro cercando di mantenere il suo passo, il mantello che lo frustava sulle gambe. "Pensavo che saremmo andati prima al cimitero, per… sistemare ogni cosa".

Non voleva fare riferimento esplicito alle spoglie di Sara e al sepolcro profanato.

L'amico lo guardò raggiante. "Lo faremo, ma non adesso" disse enigmatico. "Anche se non mi meraviglierei di trovare la tomba già chiusa e di scoprire che dentro tutto è di nuovo in ordine. Mi sono appena ricordato che c'è qualcos'altro che occorre fare. Non so spiegarti perché, né da dove mi sia venuto questo pensiero. È come se, dopo aver incontrato Yeshua, i miei occhi si fossero aperti e il mio spirito si fosse fatto più sensibile e capace di ascoltare".

"Ascoltare cosa?" chiese l'amico, confuso.

L'altro guardò il cielo come rapito e poi tornando a guardare Nathanael ripeté: "Ascoltare".

Nathanael rimase in silenzio, interdetto. Accanto a loro Urìa procedeva spedito e li guardava con un misto di timore e ammirazione.

Giairo si sentiva raggiante. Finché il senso di colpa per Nathanael lo aveva sopraffatto non se ne era accorto, ma ora gli appariva evidente: da quando aveva guardato negli occhi Yeshua, era come se il suo cuore fosse diventato più sensibile alla verità. Come se una consapevolezza delle cose lo attraversasse, simile a un sussurro alla sua anima. Giairo *sapeva* cosa doveva fare.

Arrivati in paese col loro seguito, si fermò.

"Nathanael, vai a casa dei tuoi, dalla tua famiglia, e racconta loro cosa è successo. Noi ci rivedremo più tardi, stasera. Porta con te il ragazzo, avrà bisogno di un *Goèl,* uno che garantisca per lui davanti al suo padrone".

Urìa sorrise felice, ringraziandoli per tanta generosità.

Nathanael invece si adombrò. Giairo capì che il

pensiero di tornare dai suoi parenti lo spaventava. L'abbandono del mestiere di famiglia per fare il pescatore e lo strappo che ne era nato, era un'altra delle cose di cui Giairo sentiva la responsabilità. Tuttavia stavolta non permise al senso di colpa di prendere il sopravvento.

"Stai sereno, Nathanael" lo rassicurò. "Dopo quanto è successo saranno solo felici di saperti salvo. È ora che anche tu affronti i tuoi demoni".

Al sentire quella parola il ragazzino rabbrividì.

"Non ne abbiamo affrontati a sufficienza?" scherzò Nathanael, e a Giairo parve stupendo che sentisse la libertà per farlo.

"Quelli erano i *miei*".

L'altro annuì. "E tu? Che farai?"

Giairo aveva una strana luce negli occhi.

"Devo vedere qualcuno. Più tardi ti racconterò". Poi si rivolse alla folla che li aveva raggiunti. "Non seguiteci ora. Ci vedremo qui al calar del sole e allora chi vorrà potrà chiederci ogni cosa".

E strizzato l'occhio al ragazzino, corse via lungo la strada che tagliava il villaggio in due.

Quando Nathanael lo vide sparire tra le case verso l'altra estremità del villaggio, capì finalmente cosa avesse intenzione di fare. Sorrise.

Ognuno i suoi demoni…

Un altro miracolo per cui rendere grazie.

Soddisfatto mise un braccio attorno alle spalle di Urìa. "Forza amico mio! Adesso sono io che ho bisogno del tuo sostegno".

"Certamente, signore!"

"Niente 'signore', fratellino. Solo Nathanael".

"Va bene, signo… cioè, Nathanael".

"Così va meglio" mentre i due si avviavano, la folla alle loro spalle si disperse, ancora insoddisfatta.

~

Giairo arrivò trafelato alla casa.

Era una delle ultime del villaggio, un po' distante dal centro abitato.

Si fermò davanti alla porta per riprendere fiato. Aveva fatto tutta la strada di corsa, con impazienza, ma ora un fremito di incertezza lo aveva colto, trattenendolo con la mano alzata, in attesa di bussare.

E se non…

Non fece in tempo a concepire il pensiero che sentì un calore invaderlo da dentro, insieme a una sensazione di pace profonda, mentre il ricordo degli occhi di Yeshua lo raggiunse.

No. Non c'era nulla da temere.

Calò il pugno e bussò due volte, con forza.

Dopo alcuni, lunghissimi istanti, una voce rispose, stanca, da dentro la casa.

"Chi è?"

Giairo deglutì, fregandosi le mani sudate sulla veste. Poi, preso un grosso respiro, avvicinò il viso alla porta e affrontò la paura.

"Sono io!" gridò contro il legno. "Sono Giairo!"

Un rumore di piatti rotti arrivò dall'interno,

seguito da passi veloci. La porta si aprì di scatto e la donna anziana comparve sulla soglia, gli occhi sgranati.

Orpa rimase così, ferma per un attimo, per sincerarsi di non stare sognando.

Poi si gettò fra le braccia dell'uomo gridando: "*Dio mio! Dio mio!*"

Giairo quasi cadde a terra per la sua foga. La strinse con delicatezza, senza esitare, accogliendo il suo pianto di gioia. Era la prima volta che la toccava. Quel corpo sottile fra le sue braccia, scosso dai singhiozzi lo riempì di tenerezza. Vide l'anziana in tutta la sua fragilità e si chiese come avesse potuto portarle tanto rancore in passato.

Quante cose si era perso.

L'avvolse di più ripensando alla sensazione che aveva sentito fra le braccia di Yeshua, e per un momento pregò che quella stessa sensazione potesse essere donata a lei, attraverso il proprio corpo.

Di nuovo sentì quel calore pervaderlo. E anche la donna parve rilassarsi.

Orpa avvertiva la sua anima diventare più leggera, mentre il rimorso si andava sciogliendo in quelle lacrime, liberandola. "Mi dispiace, mi dispiace…" ripeteva.

Giairo le accarezzò la testa con una dolcezza che non aveva mai avuto prima, la stessa che avrebbe riservato a sua madre se fosse stata in vita.

In quell'abbraccio anche l'ultimo nodo con cui il male li aveva soggiogati fu sciolto. Giairo alzò gli occhi commossi, ma stanchi di piangere ancora, seppure di gioia, e guardò verso l'orizzonte là dove la foschia alzatasi dal lago celava i contorni dell'altra sponda, verso la terra da cui era venuto colui che li aveva liberati.

"Ho pregato tanto" disse la donna singhiozzando contro il suo petto. "Così tanto…"

L'uomo inspirò profondamente il profumo dimenticato delle colline e della terra riscaldata dal sole. Ricordò ciò che era stato un tempo, con Sara, e il suo cuore si riempì di speranza per ciò che ancora doveva venire.

"Lo so, madre" disse. "Lo so" e la strinse più forte a sé.

Il Signore protegge i deboli:
era la fine ed egli mi ha salvato.

E ora ritorni in me la sua pace:
il Signore è stato buono con me.
Sì, ha liberato la mia vita dalla morte,
i miei occhi dal pianto,
il mio piede dalla caduta.

E cammino alla presenza del Signore,
di nuovo, nel mondo dei vivi.

Sì, sono tuo servo, Signore,
tuo servo per sempre.

Salmo 116

Il vangelo

Gli indemoniati di Gadara

Quando Gesù arrivò sull'altra riva del lago, nella regione dei Gadareni, due uomini uscirono da un cimitero e gli vennero incontro. Erano indemoniati, ma tanto furiosi che nessuno poteva più passare per quella strada. Si misero a urlare: "Che cosa vuoi da noi, Figlio di Dio? Sei venuto qui a tormentarci prima del tempo?"

In quel luogo a una certa distanza, c'era un grosso branco di maiali al pascolo. I demoni chiesero con insistenza: "Se ci vuoi scacciare, mandaci nel branco dei maiali!" Gesù disse loro: "Andate!"

Essi uscirono, ed entrarono nei maiali. Subito tutto il branco si mise a correre giù per la discesa, si precipitò nel lago e gli animali morirono annegati. I guardiani dei maiali fuggirono e andarono in città a raccontare quel che era successo, anche il fatto degli indemoniati. Così tutta la gente della città venne a cercare Gesù, e quando lo videro lo pregarono di andare via dal loro territorio

Matteo 8,28-34

Intanto giunsero all'altra riva del mare, nella regione dei Geraséni. Come scese dalla barca, gli venne incontro dai sepolcri un uomo posseduto da uno spirito immondo. Egli aveva la sua dimora nei sepolcri e nessuno più riusciva a tenerlo legato neanche con catene, perché più volte era stato legato con ceppi e catene, ma aveva sempre spezzato le catene e infranto i ceppi, e nessuno più riusciva a domarlo. Continuamente, notte e giorno, tra i sepolcri e sui monti, gridava e si percuoteva con pietre. Visto Gesù da lontano, accorse, gli si gettò ai piedi, e urlando a gran voce disse: "Che hai tu in comune con me, Gesù, Figlio del Dio altissimo? Ti scongiuro, in nome di Dio, non tormentarmi!". Gli diceva infatti: "Esci, spirito immondo, da quest'uomo!". E gli domandò: "Come ti chiami?". "Mi chiamo Legione, gli rispose, perché siamo in molti". E prese a scongiurarlo con insistenza perché non lo cacciasse fuori da quella regione.

Ora c'era là, sul monte, un numeroso branco di porci al pascolo. E gli spiriti lo scongiurarono: "Mandaci da quei porci, perché entriamo in essi". Glielo permise. E gli spiriti immondi uscirono ed entrarono nei porci e il branco si precipitò dal burrone nel mare; erano circa duemila e affogarono uno dopo l'altro nel mare. I mandriani allora fuggirono, portarono la notizia in città e nella campagna e la gente si mosse a vedere che cosa fosse accaduto.

Giunti che furono da Gesù, videro l'indemoniato seduto, vestito e sano di mente, lui che era stato posseduto dalla Legione, ed ebbero paura. Quelli che avevano visto tutto, spiegarono loro che cosa era accaduto all'indemoniato e il fatto dei porci. Ed essi si misero a pregarlo di andarsene dal loro territorio. Mentre risaliva nella barca, colui che era stato indemoniato lo pregava di permettergli di stare con lui. Non glielo permise, ma gli disse:

"Va' nella tua casa, dai tuoi, annunzia loro ciò che il Signore ti ha fatto e la misericordia che ti ha usato". Egli se ne andò e si mise a proclamare per la Decàpoli ciò che Gesù gli aveva fatto, e tutti ne erano meravigliati.

Marco 5,1-20

Approdarono nella regione dei Geraseni, che sta di fronte alla Galilea. Era appena sceso a terra, quando gli venne incontro un uomo della città posseduto dai demòni. Da molto tempo non portava vestiti, né abitava in casa, ma nei sepolcri. Alla vista di Gesù gli si gettò ai piedi urlando e disse a gran voce: "Che vuoi da me, Gesù, Figlio del Dio Altissimo? Ti prego, non tormentarmi!". Gesù infatti stava ordinando allo spirito immondo di uscire da quell'uomo. Molte volte infatti s'era impossessato di lui; allora lo legavano con catene e lo custodivano in ceppi, ma egli spezzava i legami e veniva spinto dal demonio in luoghi deserti. Gesù gli domandò: "Qual è il tuo nome?". Rispose: "Legione", perché molti demòni erano entrati in lui. E lo supplicavano che non ordinasse loro di andarsene nell'abisso.

Vi era là un numeroso branco di porci che pascolavano sul monte. Lo pregarono che concedesse loro di entrare nei porci; ed egli lo permise. I demòni uscirono dall'uomo ed entrarono nei porci e quel branco corse a gettarsi a precipizio dalla rupe nel lago e annegò. Quando videro ciò che era accaduto, i mandriani fuggirono e portarono la notizia nella città e nei villaggi. La gente uscì per vedere l'accaduto, arrivarono da Gesù e trovarono l'uomo dal quale erano usciti i demòni vestito e sano di mente, che sedeva ai piedi di Gesù; e furono presi da spavento. Quelli che erano stati spettatori riferirono come l'indemoniato era stato guarito. Allora tutta la popolazione del territorio dei Geraseni gli chiese che si allontanasse da loro, perché avevano molta paura. Gesù, salito su una barca, tornò indietro. L'uomo dal quale erano usciti i demòni gli chiese di restare con lui, ma egli lo congedò dicendo: "Torna a casa tua e racconta quello che Dio ti ha fatto". L'uomo se ne andò, proclamando per tutta la città quello che Gesù gli aveva fatto.

Luca 8, 26-39

Ringraziamenti

Questo racconto l'ho scritto più di dieci anni fa, in seguito a una delle esperienze di amicizia più belle che abbia mai fatto. A lungo ho creduto (o forse *sperato*) di riconoscermi in Nathanael, l'amico che fra i due sa amare per primo e di più, qualsiasi cosa accada. Ma rileggendo a trentatré anni questa storia, mi rendo conto che molto più spesso nella vita mi sono ritrovato ad essere Giairo: quello che guarda il proprio bisogno e il proprio dolore e si dimentica dell'altro, dandolo per scontato. Credo che dentro ciascuno di noi ci siano un Giairo e un Nathanael che a turno si danno il cambio nel gioco dell'esistenza, e che non possono vivere l'uno senza l'altro. Per questo ringrazio tutti i "Nathanael" che nella mia vita hanno avuto la pazienza e la gratuità di amarmi, nonostante il "Giairo" che c'è in me torni periodicamente a farsi sentire. E ringrazio anche i vostri "Giairo" che ogni giorno mi danno un'occasione per scoprire il "Nathanael" che Dio ha posto in me, e che non so ancora di poter essere. Voi non siete scontati.

Detto questo (a titolo rappresentativo, ma non esaustivo), grazie a: Giorgia, Costanza, Emanuela, Antonio, Anna, Marco S., Tiziana, Biljana, Olivia e Riccardo, Alessandra C., Thalita, Giorgio e Federica, Patrizia, Simone, Alessandra, Sofia, Nino, Silvia, Dario, Alessandro Z., Erica, Rachele, Pietro, Lorenzo, Gavino, Carolina, Giuseppe

B., Rosy, Maira, Andrea C., Gianfranco, Guido, Cristina e Alessandro F., Angela e Paolo, Francesco G., Don Roberto, Padre Giuseppe, Padre Adriano, Don Enrico, Don Marco, Don Mauro... Siete troppi! Grazie per avermi mostrato nella carne il modo in cui ama Dio. Poiché davvero *"nessuno ha un amore più grande di questo: dare la vita per i propri amici"*. Gv 15, 13.

Ai lettori

So bene che *Giairo* non è una racconto per tutti. Perciò mi scuso con chi, avendo letto *Levi*, si aspettava una storia dal sapore simile ed è rimasto turbato da queste pagine a tratti scabrose e torbide. Non tutte le storie di Salvezza sono *pulite*. Piuttosto direi il contrario: spesso non lo sono affatto. Tuttavia questo non le rende meno degne di essere raccontate. Sono convinto infatti che quanto più sia cupo il buio da cui hanno origine, tanto maggiore sarà la luce alla loro fine. Ringrazio perciò chiunque (soprattutto le donne), abbia avuto la forza di andare oltre il buio di questo racconto per poter godere della sua luce. Auguro a tutti voi di avere sempre accanto nei vostri momenti di buio almeno un amico vero che sia Luce e presenza di Dio nella vostra vita, ricordandovi ciò per cui vale la pena vivere: "l'amore più grande" cui tutti siamo chiamati. Credenti o meno.

www. giorgioponte-liberidiamare.blogspot.com

Insta: giorgioponte.scrittore
Facebook/Youtube: Giorgio Ponte

CERCA I MIEI ALTRI
LIBRI SU AMAZON!

Giorgio Ponte

LEVI

Romanzo

"L'amore non è questione di meriti. Mai".

Levi è innocente, ama fantasticare, e sogna un padre che non c'è. Esther è una madre sola, con un figlio che ama tantissimo e un matrimonio finito nel dolore. Caio è un militare a servizio di una potenza mondiale che si nutre del sangue di popoli più deboli; una pedina in un gioco molto più grande di lui, che ha costruito il suo potere sulla forza e la paura, ma la cui anima inquieta è venuta a chiedere il conto. Tutti sono in cerca di un sollievo da una vita che sembra riservare loro solo fatica e solitudine. Sopra tutti il Cielo, che guarda in silenzio.

Levi, Esther, Caio sono alcuni degli uomini e delle donne i cui destini si sono intrecciati attorno a un unico giorno che ha cambiato la loro esistenza per sempre.

Ciò che nessuno avrebbe desiderato.

Ciò di cui tutti avevano bisogno.

Il primo di tre racconti ambientati in una terra senza età, in cui scorrevano "latte e miele", e cui un impero invasore diede il nome di Palestina.

Tre frammenti di vita sopravvissuti a millenni di Storia e rubati al Libro più letto del mondo, quando quelli che oggi ricordiamo sotto forma di personaggi, erano in realtà persone come noi, fatte di carne, sangue e anima.

Per dimostrare che l'unica forza in grado di vincere il tempo è la capacità di dare la vita ogni giorno: la Speranza per chiunque di vivere per sempre, intessuti nelle esistenze di coloro che abbiamo amato.

Oggi come duemila anni fa.

Giorgio Ponte

YOKABE

Romanzo

"Tutti siamo in debito con qualcuno".

Yokabe ha trent'anni, ma ne dimostra molti di più. Segnata dalla vita, si rifugia spesso nei ricordi del passato per sfuggire alle attenzioni di un marito troppo devoto, mentre compie gli stessi gesti di sempre, in una esistenza fatta di rancore. Johanna di anni ne ha oltre quaranta e nulla del ragazzo semplice e positivo che era è rimasto. Il suo amore per una donna ormai inasprita, coperto dalla stanchezza, ha il sapore del puro sacrificio.

Entrambi vorrebbero una vita diversa. Entrambi cercano di tirare avanti in quella che hanno. Fino a quando l'arrivo di Yeshua cambierà le loro esistenze per sempre.

Ma egli non è l'uomo che ci si potrebbe aspettare...

L'ultimo capitolo di Sotto il Cielo della Palestina è una storia di oggi ambientata in un tempo lontano. Un racconto di ferite familiari e di speranza di redenzione che prova a immaginare l'esito della vicenda di uno dei personaggi più famosi della tradizione occidentale, eppure del quale non si conosce nemmeno il nome.

La storia di una donna e del suo cammino per tornare a vivere.

«Mi chiamo Marta Barbieri, sono siciliana, ho ventinove anni e un talento naturale per incasinarmi la vita.»

Se potesse dire la verità, sarebbe così che Marta, quasi-trentenne disoccupata di Palermo, si presenterebbe al colloquio con l'editore milanese da cui spera di essere assunta. Ma si sa, ai colloqui di lavoro la verità non è un argomento da tenere in considerazione. Ai colloqui di lavoro e con i genitori. Mai. Per questo, dopo aver scoperto che la sua "grande occasione" lavorativa è in realtà una bufala di dimensioni ciclopiche, Marta decide di non dire niente ai suoi e di cercarsi un lavoro qualsiasi, in attesa di una nuova opportunità. Dopotutto a Milano tutti trovano lavoro, vero? Da aspirante editor a correttrice di bozze, da cameriera in un pub gay a gelataia in una azienda di schiavisti del cono perfetto, Marta si ritrova, dopo sei mesi di bugie e situazioni paradossali, a precipitare in una serie di eventi tanto catastrofici quanto esilaranti da cui sembra impossibile tirarsi fuori. A meno di non chiedere aiuto a un santo speciale... Armata di un gruppo di amici fedeli e di un instancabile ottimismo, Marta decide di non arrendersi e di conquistarsi il suo posto al sole in una Milano che – attraverso i suoi occhi – diventa per magia colorata e divertente. Aperitivi, palestre, eventi culturali cui "non si può mancare" e fretta patologica sono solo alcune delle sfide metropolitane con le quali dovrà fare i conti. E non dovrà sottovalutare nemmeno l'incontro con un ragazzo decisamente sorprendente... Ma in fondo la vita può essere meravigliosa anche quando è incasinata. O no?

Una commedia che parla di noi, della complessità dell'esistenza per le strade delle nostre città, della sfida quotidiana di un'intera generazione alla ricerca di un lavoro dignitoso, del diritto che ciascuno ha di guardare al futuro con fiducia: e lo fa con una freschezza e un'ironia contagiose, frutto di un lavoro attento e paziente sui personaggi e sulle parole per raccontarli. Senza moralismi, con allegria e sapienza, questo romanzo fotografa il nostro mondo e ce lo restituisce illuminato di una luce nuova: così che, a lettura finita, viene voglia di gridare con entusiasmo Io sto con Marta!

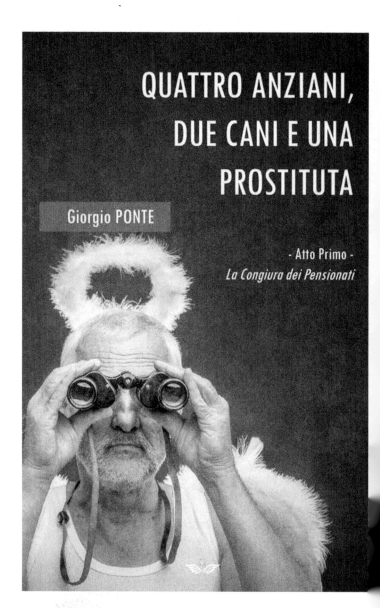

Una farmacista single ex sessantottina, un pensionato che parla con la moglie morta, un settantenne latin lover ossessionato dalla sua pancia, e una perfetta "sciura" di chiesa con inconfessabili fantasie sessuali, si ritrovano ad essere i protagonisti della più rocambolesca avventura che abbia mai visto coinvolti quattro pensionati.

Per aiutare una ragazza a pagare il suo debito con la malavita, i quattro dovranno affrontare boss, improvvisarsi ladri e soprattutto riuscire nella sfida più grande di tutte: imparare ad andare d'accordo!

La Congiura dei Pensionati è il primo atto di una commedia brillante che vi farà ridere e commuovere, riflettere e restare col fiato sospeso. Una storia sulle risorse che si nascondono in ognuno di noi e sul diritto di esistere di tutti quelli che il mondo vorrebbe dimenticare.

Perché in fondo non è mai troppo tardi per cambiare la propria vita. Anche a settant'anni!

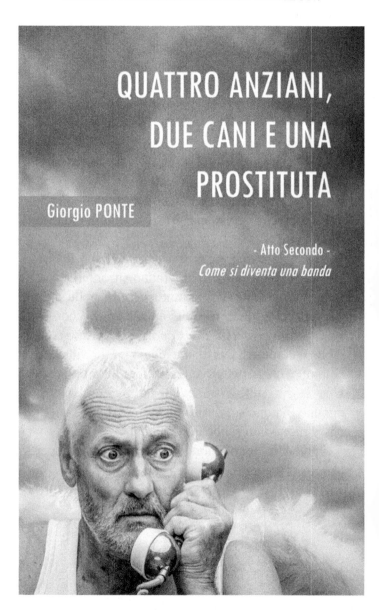

**Il secondo Atto della più straordinaria e divertente
avventura che abbia mai visto coinvolti
dei distinti signori della terza età!**

**Perché non è mai troppo tardi per decidere
di dare una svolta alla propria vita.**

*"In quella seconda notte di follia, a due settimane
da quella in cui quattro vecchi semi-estranei si erano
incontrati per caso, accorrendo alle grida di aiuto di
una prostituta in un hotel, un nuovo patto si concluse,
molto più forte del precedente, sebbene con ancora
meno garanzie di riuscita.*

*I vecchi non erano più estranei, la prostituta non era
più tale, e nessuno era più solo.*

*Meno di un mese mancava al grande giorno, ma
quella sera erano tutti troppo sollevati all'idea di aver
allontanato lo spettro di un traditore, per pensare a
quanto poco tempo restasse.*

*La Banda era cresciuta: Margherita, Vito, Elisa,
Giuseppe e Irina, ora avevano alcuni fra i più
improbabili degli alleati.*

*Ciascuno di loro per la prima volta stava
sperimentando qualcosa di più importante dei soldi,
della libertà e forse persino della vita stessa: sapere
finalmente cosa significa camminare con dei compagni
di strada che lottano al proprio fianco. E un dono del
genere non poteva essere rovinato dal pensiero che
qualcuno potesse tradirlo.*

*Anche se questo significava rischiare di perdere
tutto".*

Printed in Great Britain
by Amazon